배꼽 잡는 세계일주 여행

브룬겔 선장의 모험 ❷

국립중앙도서관 출판시도서목록(CIP)

브룬겔 선장의 모험 : 배꼽 잡는 세계일주 여행 2 / 지은이: 안드레이 네크라소프
옮긴이: 박재만 그린이: 박수현. — 서울 : 고인돌, 2010
p. ;   cm. — (고인돌 모험동화)

원저자명: Andrei Nekrasov
러시아어 원작을 한국어로 번역
ISBN 978-89-94372-10-5 74890 : ₩9500
ISBN 978-89-961115-8-0(세트)

동화(이야기)[童話]

892.8-KDC5   CIP2010000818

THE ADVENTURES OF CAPTAIN VRUNGEL by Andrej Nekrasov

Андрей Некрасов〈Приключення капитана Врунгеля〉

This Korean edition was published by GOINDOL Publishing Co. in 2010 by arrangement with FTM Agency, Ltd.,
Russia, through KCC(Korea Copyright Center Inc.), Seoul.

고인돌 모험 이야기 – Dreams come true !!

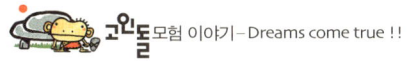

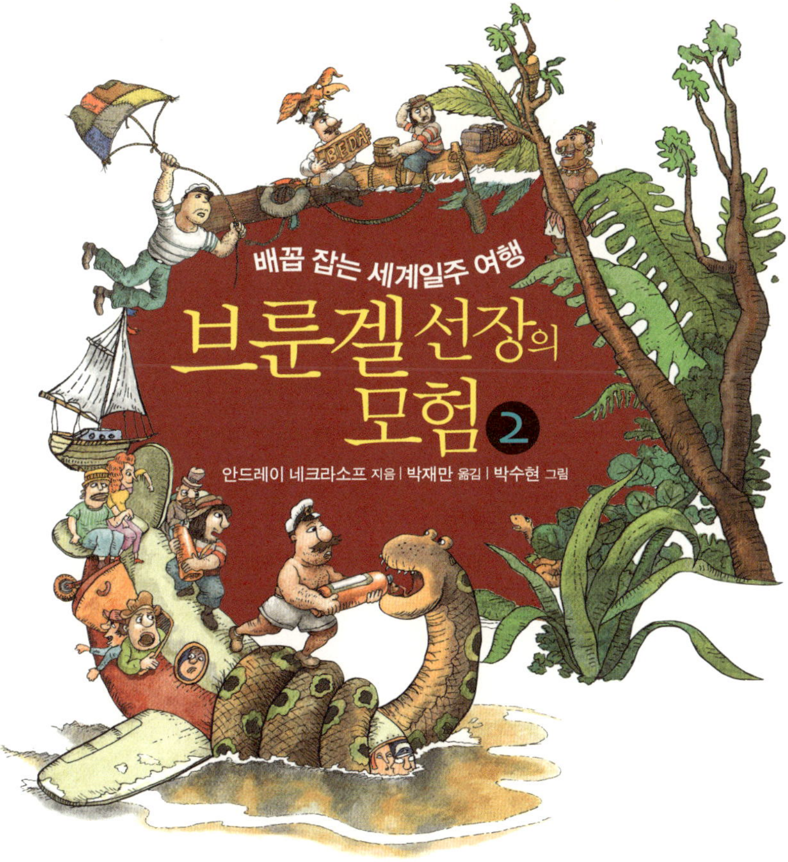

배꼽 잡는 세계일주 여행

브룬겔 선장의 모험 2

안드레이 네크라소프 지음 | 박재만 옮김 | 박수현 그림

고인돌

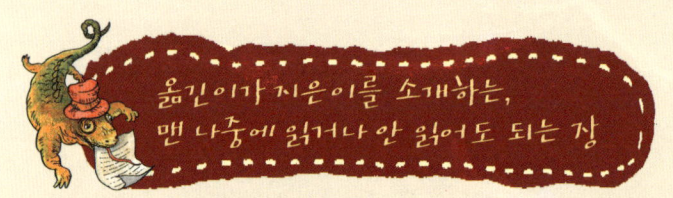

이제부터 여러분이 읽게 될 『브룬겔 선장의 모험』 이야기는 '지구마을' 곳곳의 풍습을 모험과 함께 얘기해주고 있어. 여러분도 읽다 보면 웃겨서 풋-하고 뿜을지도 몰라. 그러니까 주의!! 이 책 읽을 때 음식물은 입에 넣지 말 것!

모험은 브룬겔 선장이 세계 일주를 하려고 요트를 구해 수리하고 수석 조수를 구해 〈브룬겔식 비법〉으로 영어를 가르치는 장면에서부터 우습게 돌아가기 시작하지. 세상 사람들과 만나서 얘기를 나누려면 외국어가 필요했던 거야(시험 보기 위한 공부 말고 말이야 ㅎㅎ).

우리는 브룬겔 선장의 요트를 타고 세계 곳곳을 누비게 될 거야. 노르웨이의 피오르 해안에서부터 독일, 네덜란드, 영국, 이집트, 적도, 남극, 하와이, 브라질, 알래스카 등등… 수많은 곳들을 여행하면서 모험을 하는 거지. 또 이야기 중간에는 쿠사키라는 고약한 일본 대장도 나오는데 이 대목은 아픈

우리 역사를 잠시 생각해보게 하더군.

　여러분은 흥미진진한 모험과 더불어 세계의 다양한 풍습을 보게 될 거야. 바다와 배에 관한 지식이나 과학의 상식도 배우겠지. 아무리 어려운 상황에서도 움츠러들지 않는 브룬겔 선장의 배짱과 한 번 하겠다고 마음을 먹으면 끝까지 해내고야 마는 뚝심, 위기 상황을 재치(나쁘게 말하면 잔머리^^;)로 풀어가는 모습도 보게 될 거야. 그리고 다른 무엇보다도 지은이가 자기 나라 말(모국어)을 얼마나 사랑하는가도 느끼게 될 거야. 〈말의 달인〉이라고나 할까. 글을 옮기면서 감탄한 것은 지은이의 말솜씨였어. 그게 예술 수준이었던 거지. 알아두면 좋은 속담과 격언을 비롯해서 말의 묘미가 절로 느껴지더군. 지은이가 어떤 사람인가 궁금해서 여기저기 책도 찾고 인터넷에서 검색을 해보았어. 지은이는 많은 경험과 고생을 겪으면서 훌륭한 작가가 되었더군.

『브룬겔 선장의 모험』을 쓴 안드레이 네크라소프는 1907년에 러시아에서 태어났어. 지금부터 백 년이 좀 넘었지. 고등학교를 졸업하고 트롤리 버스를 수리하는 데서 일하다가 바다를 여행하고 싶은 마음에 하던 일을 그만두고 선원으로 새 출발을 했다는군. 그래서 열아홉 살 때 무르만스크라는 항구 도시로 가서 뱃사람이 되었다지. 배를 타고 세계 곳곳을 다니며 숱한 경험을 했던 거야. 그 때의 경험을 지은이는 이렇게 쓰고 있어.

"바렌츠 해에서는 대구를 잡고, 아무르 강에서는 사금을 캐고, 사할린에서는 석유관을 굴착했으며, 달구어진 화로 옆에서 힘든 당번을 서기도 하였다. 베링 해협에서는 해마를 잡고, 태평양에서는 고래사냥을 했다…."

안드레이 네크라소프가 작가로 이름을 날리게 된 건 여러분이 이제 읽게 될 『브룬겔 선장의 모험』이 나오고 나서였다는군. 『브룬겔 선장의 모험』을 쓰게 된 배경은 이랬다는 거야.

지은이가 이십 대 중반에 고래잡이배에서 일할 때 브론스키라는 선장이 있었대. 이 사람은 자기 친구와 함께 요트를 몰고 세계 일주를 무척이나 하고 싶었지만 여러 가지 사정 때문에 꿈을 이루지 못 하고 그 대신에 자기가 하지 못한 세계 일주 여행을 꾸며서 얘기하기를 좋아했다는군.

"그 사람은 느긋한 목소리와 몸짓으로 자기가 꾸며낸 이야기를 그럴 듯하게 보여주려 하였다. 상황과 장면을 아주 세세하게 묘사하면서 시도 때도 없이 '그랬었지.'라는 말을 중간 중간 끼워 넣거나, 해양용어를 자주 사용하였다. 우리를 향해선 '이보게, 젊은이'라고 말하곤 하였다…. 그는 마치 맘씨 좋은 늙은 선장이 되기나 한 것 같았고, 이야기를 하면서 진실과 거짓의 경계를 넘나들었다."

어느 날, 지은이가 어떤 아는 사람한테 브론스키 선장이 지어낸 우스운 이야기를 해주었는데 그 사람이 이렇게 충고를 했다는 거야.

"당신이 선장 이야기를 써보면 어떨까요."

그래서 지은이는 곰곰이 생각을 해보았다는군. 그러자 뮌히하우젠 남작이라는 허풍선이의 모습이 떠오르면서 크리스토퍼 브룬겔 선장이 탄생했던 거야. (뮌히하우젠 남작은 서양에서 아주 유명한 뻥쟁이야. 너무나 뻥이 세서 사실에 바탕을 둔 얘기는 거의 하지 않은 사람이지. '허풍쟁이 남작'으로 알려졌을 정도야. 그래서 꾀병 앓는 사람을 '뮌히하우젠 증후군'이라고 한다는군.)

책을 쓰면서 브론스키의 허풍이나 지은이가 일기에 써놓은 재미난 이야기들, 선원들이 쉴 때 얘기한 우스갯소리들, 그리고 어렸을 적 자신이 겪었던 일들이 한데 섞이게 되었다는군. 가령 배 이름이 〈파베다(승리)〉에서 〈베다(불행)〉이 된 것은, 어릴 적 가지고 놀 던 장난감 배 이름이 〈다리얄〉(북 코카서스의 아름다운 협곡)이었는데 글자가 떨어져 나가서 보통 여자이름인 〈다리야〉가 되었던 것에서 실마리를 얻었다는 거야. 그런가 하면 이 책이 처음 나올 때 삽화를 그린 사람이 소다수를 쏘아 추진력을 얻는 장면에서 병마개에 갈매기가 맞는 장면을 넣으면 어떻겠느냐고 도움말을 주었다더군. 어쨌든 이렇게 해서 〈베다〉호는 그 후 세계 여러 나라 독자의 머릿속을 달리며 항해를 시작하게 된 것이지. 영어, 독일어, 일본어, 폴란드어, 체코어 등…, 여러 나라 말로 번역이 되었고, 이제는 한국에서도 번역이 되어 어린이 독자를 만나게 된 거지.

지은이는 아주 대단한 책벌레였나봐. 다른 선원들이 쉬거나 놀고 있을 때 지은이는 책을 아주 많이 읽었다는군. "당번이 끝나면 할 일이 없어 많은 책을 읽었다"고 얘기하고 있거든. 지은이가 어렸을 적부터 가장 좋아한 책은 『마르코 폴로의 여행』이었다지. 그리고 책을 읽을수록 자기도 무언가 쓰고 싶은 마음이 커졌다는 거야. "책을 읽으면 읽을수록 직접 무언가를 쓰고 싶은 마음이 커졌다. 나는 두꺼운 공책을 갖고 다니며 내가 봤거나 겪은 재미난 일들도 기록하였다." 이러고 보면 '구라쟁이' 지은이가 술술 이야기를 잘 풀어가는 것도 '뜬금없는' 건 아니었던 거지. 많은 경험과 기록, 세상에 대한 호기심, 많은 독서와 깊이 생각하기. 이런 것들이 어우러져서 훌륭한 작가가 되었던 거지.

자, 브룬겔 선장의 지은이가 살아 온 이야기를 들으니 여러분도 세계 곳곳을 다니며 온갖 모험과 꿈을 펼치고 싶을 거야. 스스로 겪으며 세상과 자연의 신비를 하나씩 알아가고, 많은 사람을 만나 마음을 나누는 것처럼 재미난 일도 없다고 생각해. 한비야 님처럼 세계 여러 곳을 여행하며 도움이 필요한 사람을 돕기도 하고, 이소연 님처럼 우주 탐험을 꿈꿔볼 수도 있을 거야. 그렇게 얻은 소중한 경험과 지식을 아름다운 우리말로 적어서 다른 사람들과 나눌 수도 있고 말이야.

너무 말이 길어졌어. 이제 〈베다〉호에 오를 시간이야. 브룬겔 선장과 함께 〈베다〉호를 타고 세계 각지로 신나는 모험 여행을 떠나보는 거야. 이번 여행이 끝나고 책을 덮으면서 아마 여러분의 지식은 넓어지고 호기심도 많아질 거야. 그리고 선장의 재치와 두둑한 배짱도 배우게 되겠지. 어떤 어려움이 닥쳐도 당황하지 않고 주위를 살펴 지혜롭게 헤쳐 나가려는 자세를 말이야. 그리고 이런 마음가짐으로 저마다 하는 일을 열심히 하다 보면 바라던 꿈도 어느결에 이루어지겠지. 그래 꿈을 꾸는 만큼, 그리고 그 꿈을 이루기 위해 노력하는 만큼, 꿈은 꼭 이뤄지고 말거니까.

Dreams come true !!!

차례

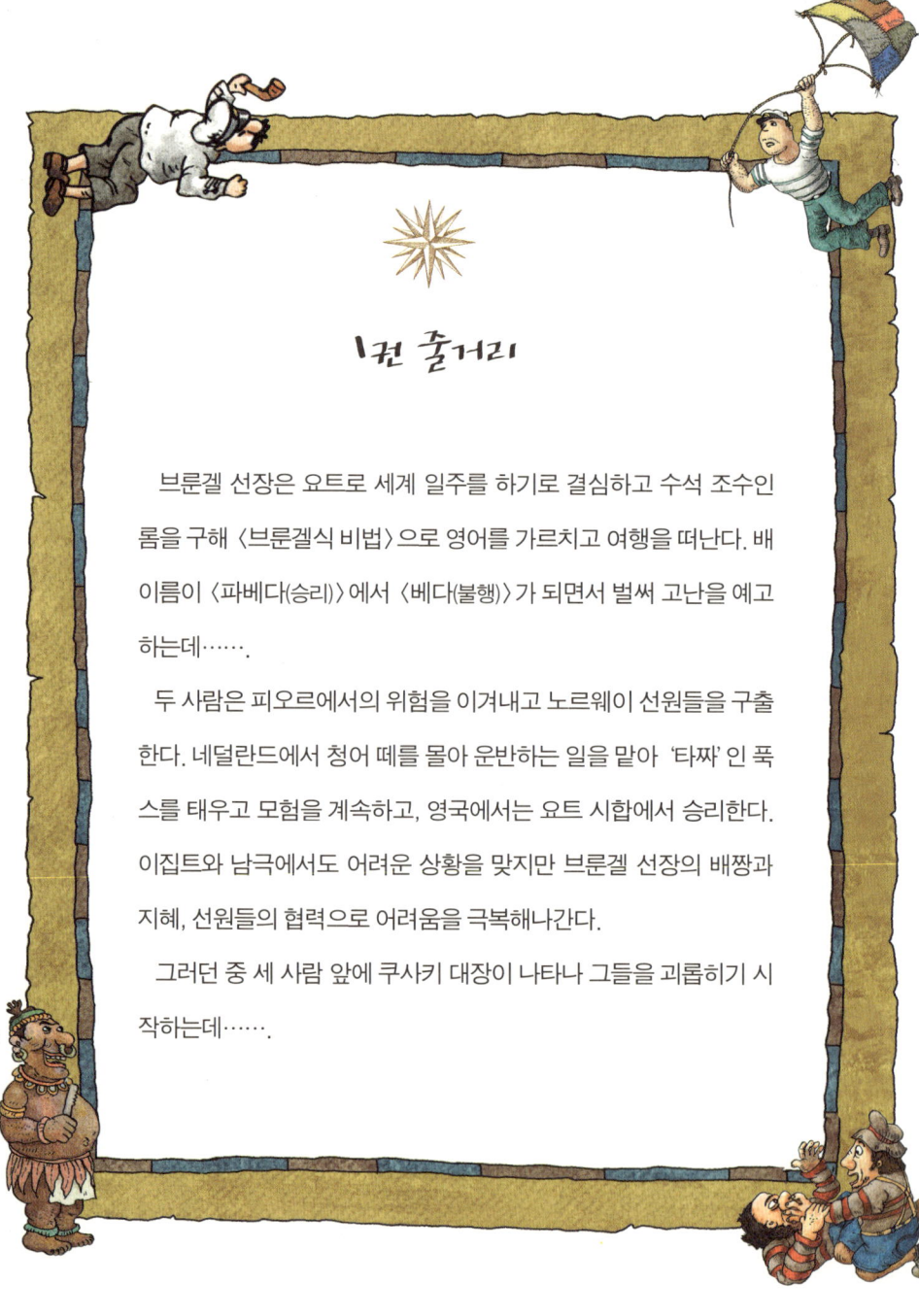

1권 줄거리

브룬겔 선장은 요트로 세계 일주를 하기로 결심하고 수석 조수인 롬을 구해 〈브룬겔식 비법〉으로 영어를 가르치고 여행을 떠난다. 배 이름이 〈파베다(승리)〉에서 〈베다(불행)〉가 되면서 벌써 고난을 예고 하는데…….

두 사람은 피오르에서의 위험을 이겨내고 노르웨이 선원들을 구출 한다. 네덜란드에서 청어 떼를 몰아 운반하는 일을 맡아 '타짜'인 푹 스를 태우고 모험을 계속하고, 영국에서는 요트 시합에서 승리한다. 이집트와 남극에서도 어려운 상황을 맞지만 브룬겔 선장의 배짱과 지혜, 선원들의 협력으로 어려움을 극복해나간다.

그러던 중 세 사람 앞에 쿠사키 대장이 나타나 그들을 괴롭히기 시 작하는데…….

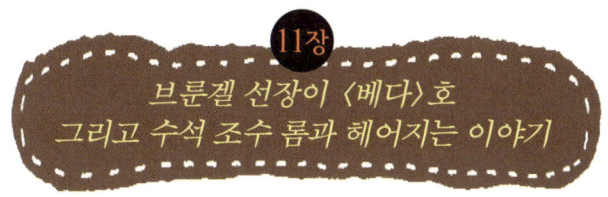

귀가 먹먹하고 눈이 부셔서 나는 금방 정신을 차릴 수가 없었다네. 정신이 들어서 보았더니 섬 반쪽이 요트와 함께 감쪽같이 사라졌던 거야. 김만 나고 있더군. 주위에서는 바람이 울부짖고, 안개는 무럭무럭 피어오르고, 바다는 끓어오르고, 익은 고기들은 물 위를 떠다녔지. 불에 달궈진 대리석이 급속한 냉각을 견디지 못하고 폭발을 해서 산산이 날아가 버렸던 거야. 불쌍한 롬은 그 난리통에 죽어 버리고 우리 배도 난파를 당한 모양이었어. 한마디로 꿈은 사라지고… 였던 거

13

라네. 그런데 푹스는 겨우 위기를 벗어났더군. 보니까 널빤지 같은 것을 붙잡아 그것을 타고 소용돌이를 따라 돌고 있었어.

나도 즉시 두 팔을 철버덩철버덩 저어 떠내려오는 판자로 헤엄쳐 가서 그걸 타고 누워 기다렸다네. 얼마 후 바다가 조금 가라앉고 바람이 잦아들더군. 푹스와 나는 각자 익힌 고기를 판자에 실을 수 있을 만큼 한가득 거두어서 서로의 우정을 다지며 자연 현상이 이끄는 대로 몸을 내맡겼다네. 나는 판자 위에 몸을 웅크리고 손과 발을 안으로 모아서 누워 있었어. 푹스도 똑같이 하더군. 둘이 나란히 파도가 이끄는 대로 어딘지 모르는 곳으로 흘러가면서 점호를 했다네.

"How do you do, 푹스? (어떤가, 푹스?)"

"All right, Captain! (이상 없습니다, 선장님!)"

이상이 없기는 없었지만 그래도 이건 서글픈 항해였다네. 춥고 배고프고 불안했어. 첫째로, 우리는 어디로 흘러가는지도 알 수가 없었지. 아니, 그 어디라는 곳이 없을지도 몰랐다네. 두 번째는, 여기는 상어가 나오는 곳이라 판자에 누워서 꼼짝할 수가 없었어. 조금이라도 움직였다가는 그 악당 놈이 눈치챌 게 뻔했으니까. 그놈들이 달려들면 팔이든 발이든 눈 깜짝할 사이에 결딴이 나고 말았을 걸세.

우리는 그렇게 하릴없이 우울하게 표류를 하였다네. 하루를 표류하고, 이틀을 표류하고… 그러다가 날짜 계산이 어긋나기 시작했다네.

달력이 없었던 거야. 푹스와 나는 날짜가 맞나 보려고 각자 따로 날짜를 세서 아침마다 서로 맞추어 보았다네.

그러던 어느 맑은 밤에 푹스가 잠들어 있을 때 나는 잠을 이루지 못해 괴로워서 관찰을 해 보기로 하였어. 물론 도구나 도표가 없이 위치를 확인하는 것이 반드시 정확하다고는 할 수 없었지. 하지만 한 가지 내가 확실하게 알아낸 건 바로 그날 밤 우리가 날짜 변경선을 지난다는 것이었네.

이보게, 자네도 들어 봤을 것이네. 바다에서는 날짜 변경선이 지나는 곳에 아무 표시도 안 돼 있고 지도에서만 볼 수 있다는 사실을 말이야. 하지만 사람들은 편리한 항해를 위해 달력에다가 약간의 마술을 부려 놓는 것이지. 그래서 서쪽에서 동쪽으로 이 날짜 변경선을 넘어가면 하루를 이틀이 지난 걸로 계산하고, 동쪽에서 서쪽으로 넘어가면 그와 반대로 표시를 한다네. 하루는 아예 빠져 버리니까 〈내일〉이라면 〈모레〉가 되는 것이지.

아침이 되자 나는 푹스를 깨워 서로 아침 인사를 주고받은 뒤 그에게 말했다네.

"푹스, 여기서는 오늘이 내일이라는 걸 알아 두어야 하네."

그가 놀라서 눈을 크게 뜨고 나를 쳐다보

 날짜 변경선

동경 180도 선을 따라 남극과 북극을 잇는 경계선. 이 선을 동으로 넘어가면 하루가 늦추어지고 서로 넘어가면 하루가 앞당겨진다.

더군.

"선장님, 무슨 말씀을 하시는 거예요?! 다른 거라면 몰라도 수학에서는 선장님이 저를 이길 수 없을 걸요."

내가 그에게 설명을 해 주려 하였지.

"이보게," 내가 말했네. "수학은 여기서 아무 쓸모가 없어. 항해할 때는 천문학을 따라야 한다네. 자네가 밤새 자는 동안 물고기자리를 보고 우리 위치를 알아냈네."

"저도요," 푹스가 소리를 지르더군. "식도락을 가지고 셈을 할 수 있다니까요. 고기로 말이에요! 보세요. 어제는 제 고기가 세 마리였는데 오늘은 한 마리하고 꼬리가 남았잖아요…. 제 한 끼 식사는 정확하거든요. 하루에 한 마리 반이라고요."

이건 분명한 오해였어. 나는 물고기자리를 두고 말한 거였는데 푹스는 얘기를 다 들어 보지도 않고 제 방식대로 알아들었던 거야. 나는 다시 설명을 하려 했다네.

"이보게," 내가 소리쳐서 말했어. "푹스! 자네 머리 위엔 무엇이 있는가?"

"모자요."

물고기자리

페가수스자리와 고래자리 사이에 있는 별자리. 11월 하순 저녁에 자오선을 통과한다. 물고기 두 마리가 끈으로 묶여 있는 모양을 하고 있다.

식도락

여러 가지 음식을 두루 맛보는 것을 즐거움으로 삼는 일

천정

지구 표면의 관측 지점에서 연직선을 위쪽으로 연장했을 때 천구(天球)와 만나는 점

천저점

지구 표면의 관측 지점에서 연직선을 아래쪽으로 연장했을 때 천구와 만나는 점

"모자가 아냐." 내가 말했어. "자넨 정말 무식하군! 자네 머리 위에 있는 건 천정이야."

"집 안도 아닌데 무슨 천정이 있어요." 푹스가 소리 지르더군. "선장님 눈에 천정이 보이더라도 걱정은 하지 마세요. 배가 고프면 일어나는 현상이니까요."

"됐네." 내가 말했지. "그럼 자네 발밑엔 무엇이 있나?"

"발밑엔 판자가 있죠."

"아냐." 내가 말했어. "판자가 아니라 천저점이야…"

"무슨 말씀이세요, 제 판자는 잘 나간다니까요…."

보니까 한마디로 말해서 동문서답이었던 거야. 좋다, 그렇다면 다른 측면에서 이 문제를 얘기해 보자, 이렇게 생각했다네.

"푹스," 내가 소리쳤어. "자네 생각엔 우리가 지금 있는 위도가 어디쯤일 것 같은가?"

공부를 조금 더 한 사람 같았으면 눈대중이라도 해 보고서 위도 계산법으로 우리가 있는 위치를 얘기할 수도 있었을 걸세. 남위 사십오 도라는 식으로…. 그런데 푹스는 뼘으로 자기 판자를 재 보더군.

"사십오 센티미터쯤 되겠는 걸요!"

한마디로 나는 깨달았던 거야. 내 강의는 아무 소용이 없었구나 하고 말일세. 하긴 그럴 상황이 아니었지. 솔직히 말해서 강의 같은 게 무슨 필요가 있었겠나. 쓸데없는 논쟁을 불러일으키지 않으려고 나는 날짜 계산은 완전 금지하라고 명령을 했다네. 우리가 어디론가 표류를 하다가 구조를 받으면 요일과 날짜를 얘기해 줄 거고, 여기 바다에서 어제니 모레니, 3일이니 6일이니 하는 게 무슨 차이가 있겠나. 상어가 우리를 잡아먹으려고 입맛을 다시고 있는 판에….

우리는 그렇게 얼마를 갔는지도 모르게 계속 표류를 했다네. 그러던 어느 날 잠이 깨서 보니 수평선에 뭍이 보이더군. 윤곽으로 보아서는 샌드위치 제도 같았네. 저녁 무렵 가까이 다가가서 보니 하와이였다네.

행운이었지. 아주 아름다운 곳이거든. 하지만 옛날에 그곳은 사실 그다지 평온하지 못 했지. 사람이 사람을 잡아먹었으니까.

쿡 선장도 여기서 잡아먹혔지….

샌드위치 제도

하와이 제도를 가리키는 말

하와이

태평양 가운데에, 하와이 제도로 이루어진 미국의 오십 번째 주. 하와이 왕국의 발상지이며, 관광지로 유명하다. 사탕수수·커피 재배와 목축을 주로 한다. 1900년 미국에 합병됨

쿡 선장(1728~1779)

영국의 탐험가로 하와이 제도, 쿡 제도, 소시에테 제도 등을 발견하였으며, 뉴질랜드와 뉴기니가 오스트레일리아와 분리된 섬인 것을 확인하였다. 폴리네시아 원주민에 의해 살해당했다.

하지만 원주민은 이미 오래 전에 멸종해서 백인을 잡아먹을 사람도 없고 백인이 잡아먹을 사람도 없어졌지. 그래서 조용하게 되었다네. 그 나머지는 지상의 천국이라 할 만해. 식물도 잘 자라서 파인애플, 바나나, 종려나무가 자란다네. 그리고 가장 중요한 것은 와이키키 해변이야. 피서객들이 전 세계에서 그곳으로 몰려들지. 거기 파도는 아주 훌륭하다네. 그곳 주민들은 판자에 서서 물마루를 타고 즐겼다더군.

물론 이것도 과거의 일이지만… 그런데 판자를 서서 탄다는 게 얼마나 멋진 일인지 자네는 아나? 서서 말이야! 하지만 우리가 타는 모습은 어떤가? 고양이 새끼처럼 판자 위에 엎드려 버둥대는 꼴이 아닌가 말일세. 나도 처음엔 서툴렀어. 몸을 곧추 세우고 두 팔을 벌린 다음, 상상해 보게나, 버텼던 거야. 아주 멋지게 버텼지!

푹스도 판자에서 일어서더군. 날아가지 않게 모자를 잡고 균형을 잡았지. 이런 식으로 우리는 바다의 신과 같이 부서지는 파도와 튕겨 오르는 물거품 속을 누비고 다녔다네. 해안에 가까이, 더 가까이 다가가면 파도는 부서져서 흩어져 버리지. 우리는 썰매를 탄 것처럼 부드럽게 모래톱에 올라서게 되었던 거라네.

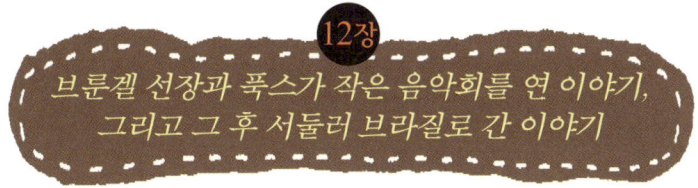

12장

브룬겔 선장과 푹스가 작은 음악회를 연 이야기,
그리고 그 후 서둘러 브라질로 간 이야기

해 변에 올라서니 수영복 차림을 한 피서객 같은 사람들이 우리를

둘러쌌다네. 우릴 보면서 박수도 치고, 사진도 찍더군. 자네한테 하는

얘기지만, 우리 몰골은 불쌍하기 짝이 없었어. 견장, 휘장을 단 제복도

입지 않고 사람들 앞에 나선다는 게 정말 거북하더군. 마음이 너무나

불편해서 이름과 지위를 감추고, 말하자면, 정체를 숨기기로incognito

했던 거야….

그랬지. 그래서 입술에 손가락을 갖다 대는 몸짓으로 푹스에게 입을

다물고 있으라는 표시를 하였어. 하지만 운이 없게도 사람들은 이것을 사랑한다는 엉뚱한 표시로 받아들이고 말았던 거야….

해변에서는 다시 환호와 박수갈채가 쏟아지더군.

"브라보! 비바!"

나는 사람들이 왜 그러는지 알지는 못했지만 조금도 당황하지 않은 듯한 표정을 보이면서 입을 다물고 사태가 어찌될지 기다렸다네.

그때 재킷을 입은 한 남자가 다가와 사람들에게 설명을 시작하더군.

"샌드위치 제도의 원주민들이 문명 시대 이후로 멸종했다는 견해가 있기는 합니다만 이것은 잘못된 얘깁니다. 와이키키 해변 관리사무소에서는 존경하는 여러분을 만족시켜 드리고자 두 분의 하와이 원주민을 찾아서 여기 모셨습니다. 방금 전에 먼 옛날의 국기를 멋있게 보여 주신 분들이 이 분들입니다."

국기

나라에서 전통적으로 즐겨 내려오는 대표적인 운동이나 기예

나는 그런 얘기를 들으면서 입을 다물고 있었다네. 푹스도 입을 다물고 있었지. 재킷을 입은 그 남자도 잠시 침묵을 하더니 한 번 기침을 하고는 책이라도 읽듯이 수다를 늘어놓더군.

"샌드위치 제도의 원주민인 하와이 사람들, 혹은 지금도 그렇게 부르기는 합니다만, 카나카 사람들은 호리호리한 몸매에 부드러운 성격, 그리고 타고난 음악 재능을 가지고 있습니다…."

나는 이런 소개말을 내 자신한테 견줘 봤어. 맞지가 않더군. 물론 내 성격이 부드러운 건 사실이야. 하지만 몸매와 음악적 재능이라면 그 사람이 괜한 얘기를 한 거였네…. 나는 아니라

카나카

남태평양, 특히 폴리네시아와 멜라네시아의 일부에 사는 원주민

고 말을 하려다고 입을 다물고 말았지. 그런데 그 사람은 흥분해서 계속 말하더군.

"오늘 저녁 이 카나카 사람들이 하와이 기타로 음악회를 하실 겁니다. 표는 극장 매표소에서 팔고 있습니다. 가격도 안 비싸고 무대에서 춤도 추실 수 있고, 뷔페와 차가운 음료가 준비되어 있으니…"

그랬다네. 얘기를 끝내자 그 사람이 우리 손을 잡아 한쪽으로 데리고 가더니 이렇게 묻더군.

"어떠세요?"

"괜찮습니다." 내가 대답했다네. "정말 고맙습니다."

"그렇다면 정말 잘 됐습니다! 그런데 어디 묵고 계시는지 여쭈어도 될런지요?"

"아직은," 내가 말했지. "태평양에 있습니다. 앞으로 어떻게 될지는 모르겠군요. 솔직히 마음에 들지는 않지만…."

"무슨 말을 그렇게 하십니까!" 그가 반발을 하더군. 〈태평양 호텔〉이라면 일급 호텔이지요. 거기보다 더 좋은 데는 찾기 힘드실 걸요. 정

말입니다. 그럼 죄송하지만 벌써 출발해야 할 시간이군요. 삼십 분 후에 시작이라서."

그가 우리를 승용차에 태우더니 어딘가로 데려가더군. 거기서 우리에게 기타를 주고 꽃단장을 시키고 무대에 세운 다음 막을 올렸던 거야….

보니까 노래를 불러야겠더군. 무슨 노래를 부른다? 그런데 고약하게도 당황하니까 노래가 하나도 생각나지 않는 거야. 능구렁이 푹스도 어찌할 바를 모르고 나를 쳐다보며 이렇게 속삭이더군.

"시작하세요, 브룬겔 선장님. 제가 따라 부를게요."

우리는 십 분쯤 입을 다물고 앉아 있었다네. 홀 안 사람들이 흥분을 하며 분통을 터뜨리더군. 이러다가는 소동이라도 날 것 같았어. 나는 눈을 감고 '에라, 될 대로 돼라지….' 이렇게 생각을 했다네. 기타 줄을 당기며 낮은 음성으로 노래를 시작했던 거야.

작은 새 한 마리 풀밭에 앉아 있네…

그 다음은 어떻게 불러야 할지 모르겠더군.

때마침 푹스가 나를 구했지. 높은 음으로 따라 불렀던 거야.

암소 한 마리 몰래 다가와…

거기서 우리는 합창을 했지.

다리 하나를 붙잡았네,
작은 새야, 다치면 안 돼!

그랬더니 열렬한 박수가 터지더군.

사회자가 무대로 나왔어.

"지금 부른 건," 그가 말했어. "옛날 원주민 노래인데 지금은 잊힌 새 사냥 방법을 얘기해 주고 있지요. 하와이 음악이 어떤지 가장 잘 보여 주는 노랩니다…."

그랬었지. 그러고 난 뒤 〈앙코르 곡〉까지 마저 부르고 인사를 하고 나서 사무소로 갔다네. 출연료를 주더군. 우리는 밖으로 나왔어. 그런데 어디로 간다지? 우리는 다시 왔던 길로, 그러니까 바다로 갔던 거야. 어찌 됐건 그곳은 나의 고향이었으니까. 우리가 입고 있던 옷도 해변에 딱 어울렸어.

우리는 모래톱을 걸었지. 모래톱엔 사람 하나 없더군. 시간이 벌써 느지막했던 거야. 그런데 어떤 사람들 둘이 앉아 있는 모습이 보이더군. 우리는 가까이 가서 얘기를 나눴어. 그 사람들은 어떤 일을 가지고 하소연을 하더군.

"그래, 이런 경우도 있답니까!" 그 사람들이 말하더군. "우리는 배우입니다. 이곳 하와이 사람 역할을 하기로 계약을 맺었지요. 한 달 동안 꼬박 바다에서 보드 타는 것도 연습하고, 노래도 익혔어요. 그런데 이걸 보세요…."

그러자 나는 사태를 깨달았다네. 해명을 하려고 하는데 그 순간 바람이 휙 불더니 발밑에 신문 쪼가리 하나가 떨어지더군. 나는 그것을 집어 들었지. 가로등 아래 서서 꼼꼼하게 읽기 시작했어. 믿기 어렵게도 거기에는 사진이 한 장 실려 있고 사진에는 수석 조수 롬과 〈베다〉호가 있었던 거야. 브라질 해안에서 난파당했다는 비극적인 얘기도 실려 있더군. 푹스와 나에 대한 얘기도 몇 마디 있었다네. 아, 이런 얘기를 써 놓다니! 나는 너무나 감동해서 눈물까지 흘렸다네. 그 얘기는 이런 것이었네. 〈용감한 항해자들…〉, 〈흔적 없이 사라져…〉

그랬어. 그리고 기사 바로 옆에는 이런 광고가 있었네.

〈태평양 항공 노선을 이용해 주세요. 미국 및 브라질 정기 취항.〉

"이보게, 푹스." 내가 말했네. "가서 브라질행 비행기 표를 사고 옷 가게에 가서 옷 좀 주문해 주게나. 나는 제복하고 외투면 되고 자네 거는 자네가 알아서 하게."

푹스가, 네 알겠습니다, 하고 대답하고는 달려가더군. 나는 해변에 남아서 가짜 하와이 사람들의 시름을 달래 주었지… 안 그랬다가 이 사람들이 극장에라도 가는 날에는 모든 게 들통나 버리고 소동이 일어나 시간도 지체되고 안 좋은 일이 생기지 않겠나….

"내 얘기 좀 들어 보시죠." 내가 생각을 말했어. "오늘 하루는 어차피 지나갔습니다. 그러니 여기 앉아 계시는 것보다 보트라도 타시는 게 좋을 것 같은데요. 날씨도 좋고 따뜻하고 달도 밝으니…."

결국은 설득을 하였지. 그 때 푹스가 돌아와서 갔던 일이 잘됐다고 보고를 하더군.

　"옷은 주문을 해서 지금 만들고 있습니다. 하지만 비행기 표는 사정이 좋지 않더군요, 브룬겔 선장님. 모든 좌석이 다 예매가 끝나서 내일 저녁 걸로 한 장밖에 구하지 못했습니다…"

　"알았네." 내가 말했어. "그 일은 나중에 검토하기로 하고 지금은 보트를 타러 가세나."

　우리는 보트를 빌려 타고 시동을 걸었지. 정말 근사하게 달렸다네! 밤에도 타고 다음 날 낮에도 줄곧 타고 다니며 주변 지역을 다 구경하고 시간에 딱 맞게 돌아왔던 거야. 비행기가 출발하기 두 시간 전에 말이야. 배우들과 작별 인사를 하고 양복점으로 달려갔지. 그런데 재단사라는 건달이 술을 마셨는지 어쨌는지 옷은 하나도 만들어 놓지 않았던 걸세.

　내가 목소리를 높여 따지고 들었더니 그자는 그냥 두 어깨만 으쓱 하더군.

　"죄송합니다." 그가 말하더군. "어제 오시나 하고 기다리고 있었습니다. 어제 오셨으면 좋았을 텐데. 오늘은 아무것도 만들어 놓은 게 없군요."

　보니까 그런 논리에는 당할 수가 없겠더군.

"이봐요," 내가 말했네. "있는 거 아무 거나 주쇼. 팬티 입고 비행기를 탈 수야 없는 노릇 아니겠소!"

매킨토시
고무를 입힌 방수 비옷

재단사가 옷장을 뒤지더니 매킨토시를 꺼내는 거야.

"자요." 그가 말하더군. "딱 한 개 남아 있군요. 작년에 한 신사가 주문한 건데 웬일인지 가져가지 않은 겁니다."

내가 살펴보니 옷감도 질기고 유행하는 맵시더군.

"좋네." 내가 말했어. "이걸 가져가겠네. 여기 돈이나 받게나." 나는 그 옷을 가지고 나왔지.

"그래도," 푹스가 조언을 하더군. "한번 입어 보고 크기를 재 보시는 게 낫지 않을까요. 안 그랬다가는 나중에 물릴 수도 없으니까요."

그건 꼭 알맞은 충고였네. 나는 즉시 무화과 그늘 아래에서 새 옷을 꺼내 걸쳐 보았어. 그랬더니 말일세, 새로운 말썽이 생겼던 거야. 주문을 한 신사가 나보다 두 배는 컸는지, 아니면 일부러 크게 만들어 달라고 했는지는 모르겠네만, 어쨌든 그 옷은 나에게 맞지 않았어.

그렇다고 달리 어쩔 수도 없었다네. 도로 가져다 주자니 대신 가져올 옷이 없기는 마찬가지였고, 아래를 자르자니 아주 보기 흉하게 될 건 뻔했어. 그렇다고 그대로 입자니 비행기에 태워 주지 않을지도 몰랐고, 태워 준다 해도 그걸 입고서는 한 걸음도 못 걷고 걸려 넘어졌을 거야.

무엇인가 한시바삐 궁리를 해야 했어. 그러지 않으면 비행기도 떠나 버리고 표는 날아가 버릴 테니까. 그래서 생각에 몰두했던 것이네.

그때 침착하게 있던 푹스가 기특한 제안을 하는 거야.

"아," 그가 말하더군. "이렇게 하면 딱 되겠는데요! 이 매킨토시를 둘이 입고 표 한 장으로 둘이 타는 겁니다. 죄송하지만 조금 몸을 숙여 보세요… 그렇게요… 저를 목말을 태워 주시면 됩니다…."

그가 내 어깨에 목말을 타고 그 옷을 간신히 걸친 뒤 단추를 전부 채우고 옷매무새를 단정히 하였네.

"이제," 그가 말하더군. "전 속력 앞으로. 서둘러야 해요. 안 그러면 경찰이 이상하게 볼지도 몰라요."

우리는 출발했어.

공항에 도착한 다음 비행기에 올랐지. 푹스가 표를 보여 주자 통과시키고 자리를 가리켜 주더군. 그렇게 해서 우리는 좌석에 앉았던 것일세. 아니, 사실대로 얘기하면 나는 앉았고 푹스는 좌석에 서 있었다네. 그의 머리가 비행기 천장에 닿았지.

나는 옷 틈새로 살펴보았다네. 보니까 다른 승객들은 다 자리에 앉아 있더군. 우리 빼고 전부 여섯 명이었다네. 비행기 안은 깨끗하고 거울도 있고 여러 가지 편리한 시설이 돼 있더군. 승객들도 점잖은 것 같고….

잠시 후 엔진 소리가 요란하게 나고 비행기가 달려가다가 물 위로 퉁─퉁 소리를 내더니 이륙을 하더군. 우리는 사방이 캄캄한 밤을 날았어. 하늘엔 별이 빛나고 있었지. 엔진 소리만 들릴 뿐 다른 것은 모두 고요했다네. 승객들은 잠이 들었고 나도 깜빡 졸았네. 비행기에서 푹스 혼자만 밤을 새웠지.

아침이 될 때까지 그렇게 날았다네. 아침이 되자 사람들이 잠에서 깨더군. 내가 옷 틈으로 살펴보면서 귀를 기울여 들어 봤더니, 비행기 안에 활기가 돌고 사람들이 모두 창문에 붙어서 서로 여기저기 가리키며 얘기를 하는 거야. 사람들 모습을 보고 판단해 보니 안데스 산맥의 자태에 빠져 있더군. 푹스도 창가로 몸을 기울이고 있었지. 하지만 나는 어쩔 수 없는 상황 탓에 그렇게 보기 드문 광경도 보지 못하고, 감옥의 죄수 마냥 컴컴한 옷 속에 있을 수밖에 없었던 거야.

그러다 보니 화도 나고 심심해서 죽겠더군. 나도 스스로 마음을 달래기로 했어. '그래 당신들은 실컷 보시오, 나도 재밋거리를 찾아볼 테니.' 하고 생각을 했던 거지. 파이프를 꺼내 담배를 다져 넣고 담배를 피우며 생각에 빠져들었어. 그런데 갑자기 시끄러운 소리가 들리는데, 객실 안이 극도의 공포 상황이었던 거야. 승객들은 자리에서 벌떡

안데스 산맥

남아메리카의 서쪽에 있는 세계에서 가장 길고 장엄하다는 산맥. 태평양 해안을 따라 푸에고 섬에서 카리브 해안에 이르며, 파나마 지협에서 북아메리카의 로키 산맥으로 이어진다.

일어나 비명을 지르더군. 그 중에서도 〈불이야!〉 하는 소리가 가장 많이 들렸다네. 푹스가 당나귀를 몰 때처럼 발뒤꿈치로 내 양 옆구리를 차더군. 나는 푹스를 한 번 꼬집어 주고는 살짝 내다봤어…. 그제야 어떻게 된 사태인지를 깨달았다네. 담배 연기가 옷 틈새로 무럭무럭 나오자 불이 난 것으로 착각을 했던 거야.

13장

브룬겔 선장이 아나콘다를 솜씨 좋게 격퇴하고
새로운 제복을 만들어 입은 이야기

나는 얼른 재를 털어 내고 파이프는 주머니 안에 넣고 구두 굽으로 불을 껐다네. 그러고는 잠자코 앉아 있었지. 그때 조종사가 객실로 고개를 내밀더군. 나는 조금 안심이 되었다네. 조종사는 노련한 사람이니까 일이 커지지는 않을 거라고 생각한 거지. 저 사람 정도면 허둥대지 않고 승객을 진정시켜서 모든 문제가 잘 풀릴 거라고 말이야…. 그런데 알고 보니 정작 겁을 집어먹은 건 조종사였던 거야.

보니까 얼굴이 하얘지더니 아아 하고 한숨을 쉬고는 조종간 같은 걸 붙잡더군…. 쿵! 하는 소리가 나더니 엔진 소리가 멈추고 바람이 스쳐가는 소리만 들리는 거야. 잠시 후 비행기 위쪽 어디에서 철컥 하는 소리가 들리고 대포를 쏜 듯이 객실이 한 번 흔들렸다가 튀어 나가서는 아래로 천천히 하강하더군.

승객들은 어안이 벙벙해했지만 나는 무슨 일인지 금방 알아챘다네. 지금은 그런 걸 가지고 놀라는 사람은 없을 거야. 하지만 그때는 그것이 최신 기술이었다네. 비행기에 그런 장치를 해놨던 거지. 〈비상 탈출〉이라고 하는 거라네. 폭발 사고나 화재가 나거나, 아니면 날개가 떨어져 나갔을 때 조종사가 장치를 작동하면 객실이 분리되고 낙하산이 펴지면서 혼자서 낙하를 하는 것이지. 쓸모 있는 장치라고 할 수는 있겠지만 이번에 그것을 작동한 것은 분명히 시기상조였다고 할 수 있지.

다른 때 같았으면 조종사한테 따져서 실수를 지적해 주었겠지만 자네도 알다시피 그때는 그럴 수가 없었던 거야. 비행기는 날고 있던 그대로 계속 날아가는데 두 날개가 반짝이더군. 우리는 천천히 계속 아래로 하강을 했지. 담배 연기는 어느 정도 가셨지만 승객들은 진정할 생각을 안 하더군. 내가 보니까 진정하기는커녕 흥분이 고조되면서 공포심에 빠져들었던 거라네. 푹스도 몸이 달아서 여차하면 자리에서 일어날 것 같더라고.

침착함을 잃지 않은 사람은 나 혼자였다네. 나는 궁리를 하였지. 비행이 중단되었으니 표는 이제 당연히 쓸모가 없어졌지만 그래도 어쨌든 우리 중 한 명은 〈무임승차〉를 했으므로 땅에 내려서면 해명을 해야 한다는 것이었어. 탐탁치가 않더군. 사람들을 심문하고 범인을 찾다 보면 사고 원인이 나 때문이었다는 사실이 밝혀질 테니까 말일세. 그러면 책임은 피할 수 없는 노릇이었지.

그래서 나는 승객이 아닌 것처럼 행세를 하기로 결심했다네. 마침 기회가 딱 들어맞았던 거야. 승객들은 주의력이 떨어지고 각자 자기 일만 생각하고 있었어. 승객들 대부분이 다른 일엔 신경 쓸 겨를도 없었던 거지. 더구나 우리 머리 바로 위 천장엔 승강구가 있었거든.

이보게, 자네는 배를 타고 아마존 강을 여행해 본 적이 있나? 없다고? 정말 다행이로군. 그곳은 애써 여행할 생각 말게나. 권하고 싶지가 않다네.

하지만 나는 어쩔 수가 없었지.

나와 푹스는 승강구를 빠져나와 사방을 둘러보았네. 보니까 발아래는 강이 있었는데 객실은 점점 아래로 하강하고 있었다네. 아래로… 아래로… 결국 우리는 강물 위에 내려섰다네.

아마존 강

남아메리카 북부에 있는 세계에서 두 번째로 긴 강. 안데스 산맥에서 시작하여 적도를 따라 서쪽에서 동쪽으로 흘러 대서양으로 들어간다. 수량과 유역의 면적이 세계 최대인 이 강 부근에는 브라질, 페루, 볼리비아, 콜롬비아, 베네수엘라, 기아나 등의 나라가 있다.

나는 승강구에 머리를 숙이고 소리를 쳤어.

"여러분, 어서 오십시오! 이렇게 거친 오지에서 여러분을 뵙게 되어 반갑습니다."

그러자 승객들도 한 사람씩 기어 나왔어. 무사히 착륙한 것을 보자 사람들은 안심을 하고서 눈을 크게 뜨고 우리를 바라보더군. 보니까 서로 자기소개를 할 시간이 된 것 같았다네. 하지만 자네도 알다시피 나는 진실을 얘기할 수 없었지. 스리슬쩍 그 상황을 넘어가야 했던 것 일세.

"그럼," 내가 말했어. "여러분께 제 소개를 하겠습니다. 저는 지리학 교수 크리스토퍼 브룬겔이라 합니다. 학술 탐사를 위해 이곳을 여행하고 있지요. 이쪽은 제 심부름꾼이자 안내원인 푹스라는 인디언입니다. 여러분을 만나서 반갑군요. 저는 이곳에 산 지가 오래되어서 익숙하다 할 수 있지요. 여러분을 제 손님으로 생각해도 좋을지 모르겠군요."

"좋습니다, 좋아요." 승객들이 대답했다네. "만나서 매우 반갑습 니다."

하지만 내가 보니까 사람들은 믿는 눈치가 아니었네. 우리를 곁눈질 하고 있었으니까… 그럴 만도 했어. 교수라는 사람이 팬티만 입고 있 었으니 말이야. 그래 대화를 해서 사람들의 흥미를 돋우고 뭔가 굉장 한 얘기를 해서 관심을 돌려놓아야겠다는 생각을 했다네.

"죄송하지만," 내가 물었지. "여기 계신 분들이 전부인가요?"

사람들이 서로를 바라보다가 어떤 사람이 말하더군.

"키가 큰 신사가 한 분 더 있었습니다."

"아, 맞다. 있었어요." 다른 사람들이 그 말에 맞장구쳤어. "그분은 아직 불에 타고 계신 거 같던데…"

"아, 그랬군요! 아주 별난 일을 당하셨군요. 이보게, 푹스." 내가 말했어. "아래 내려가서 부상당한 분한테 도움이 필요하지 않으신지 보고 오게나."

푹스가 객실로 내려갔다가 기어 올라와서 재 한 줌을 내놓더군. 남아 있는 건 그게 전부라는 얘기였지.

"아," 내가 말했네. "이런 불행한 일이! 키 큰 신사 분은 전소하신 것 같군요. 어쩌겠습니까. 돌아가신 분의 명복을 빌어드리는 수밖에는…. 여러분, 이제 낙하산을 당깁시다. 저건 아직 쓸모가 있습니다."

전소

남김없이 다 타 버림

우리는 끈을 나눠 잡고 고기 그물처럼 당겼다네. 내가 구령을 붙였지.

"하나, 둘, 영차! 이제 조금씩 끌어 올리세요…"

사람들은 열심히 했지만 익숙하지 않아서 일은 잘되어 가지 못했다네.

근데 갑자기 사람들이 끈을 던져 버리고 뒤쪽, 말하자면 고물 쪽으로 도망가서 거기 한데 모여 무서워 벌벌 떨더라고. 푹스도 승강구로 쪽 들어가서 밖을 내다보며 낙하산을 손으로 가리키는 거야. 한 승객 아가씨가 발꿈치를 들고서 마치 날기라도 하려는 듯이 손가락을 쫙 벌리고 두 팔을 흔들며 소리를 지르더군.

"엄마야!"

내가 몸을 돌려 보니 정말 〈엄마야!〉더군. 아나콘다가, 알겠나, 낙하산에 기어올랐던 거라네. 삼십 미터쯤 되는 거대한 아나콘다가 말일세. 굴속에서처럼 똬리를 틀고 우리를 보며 먹잇감을 고르고 있었지.

내게는 입에 문 파이프 말고는 아무 무기도 없었어.

"푹스." 내가 소리쳤어. "무게 좀 나가는 걸로 아무거나 줘 보게나!"

푹스가 승강구에서 몸을 내밀어 장비 같은 걸 주더군.

내가 무게를 재 보니 괜찮았네. 중량이 꽤 나가는 거였지.

"하나 더 줘 보게!" 이렇게 소리를 지르고 자세를 잡고 조준을 했지.

아나콘다도 노리고 있더군. 동굴처럼 아가리를 벌리고…. 나는 손을 들어 한 번 흔들었다가 아가리를 향해 곧장 날렸어.

하지만 아나콘다에게 그런 것쯤이야 새 발의 피가 아니었겠나? 아무것도 아니라는 듯이 꿀떡 삼키더군. 얼굴 한번 찡그리지 않더라니까. 두 번째 물건도 같은 곳에다 던졌는데 그것도 삼켜 버리는 거야. 나는 승강구로 달려가 푹스에게 소리를 질렀다네.

"있는 대로 다 주게나, 얼른!"

그때 등 뒤에서 무섭게 쉭쉭 하는 소리가 나는 거야.

돌아보니 아나콘다가 몸을 불리면서 쉭쉭 하는데 아가리에서 거품이 흘러나오데.

'이제 곧 덤벼들겠구나!' 나는 이렇게 생각했다네.

그런데 아나콘다란 놈이 덤벼들지는 않고 뜻밖에도 물속으로 들어가더니 사라져 버린 거야.

우리는 모두 몸이 얼어붙은 채 기다렸다네. 일 분이 지나고 이 분이 지났다네. 고물에 있던 승객들이 몸을 움직이며 속삭이더군. 갑자기 아까 그 승객 아가씨가 다시 똑같은 자세를 하더니 아마존 전체가 떠나가라고 소릴 질렀다네.

"엄마야!"

보니까 물 위로 어떤 물체가 떠올랐던 거야. 크기가 엄청나고 괴물같이 생겼는데 꽤나 색깔이 독특하고 반짝반짝 빛이 나는 플라스크였다네. 그러더니 계속해서 부풀어 오르더군. 계속해서 말이네….

어처구니가 없더군. 어째 이런 일이? 무서워지기까지 했다네. 그런데 보니까 거기에 살아 있는 꼬리가 붙어 있는 거야. 그 꼬리가 이리 철퍼덕, 저리 철퍼덕 물을 차더군…. 이

 플라스크

병목이 길쭉하고 몸통이 볼록한 실험용 유리병

꼬리를 보는 순간 사태를 깨달을 수 있었다네. 내가 던진 장비는 불을 끄는 소화기였던 거야. 소화기 두 개가 아나콘다의 식도로 들어가 그 안에서 서로 부닥쳐 터지자 아나콘다 입에서 거품이 쏟아져 나온 것이지. 소화기의 압력이 어떤지는 자네도 알고 있겠지! 아나콘다는 제 몸이 부풀어 올라서 물 위로 뜨게 되자 이젠 글렀구나, 생각하고 물속으로 잠수를 하려 했던 거야. 하지만 몸통이 말을 안 들었던 것이지….

나는 무서움이 말끔히 없어졌다네. 그래서 승강구로 갔지.

"자," 내가 말했어. "푹스, 위로 올라오게나. 위기는 지나갔네."

푹스는 기어 나와 처음 보는 광경에 넋을 잃고 있더군. 승객들도 이제 무서운 건 하나도 없다는 말을 듣고서 서로 껴안고 축하를 하면서 나의 손을 잡더군. 이런 소리만 들리는 거야.

"고맙습니다, 존경하는 교수님! 어떻게 이런 놈을?"

"뭐 그런 걸 가지고!" 내가 대답했지. "여기 아마존에서는 모든 것에 익숙해져야 합니다. 아나콘다 같이 시시한 건 종종 볼 수 있지요…."

이 일이 있고 나서 내 권위는 확고해졌다네. 더군다나 내 옷 문제도 잘 해결되었지. 승객 아가씨에게 반짇고리가 있었거든. 바늘을 빌려서 낙하산으로 제복을 만들었다네. 옷감은 좋았어. 단추는 구할 수 없어서 객실에서 뽑은 볼트와 너트를 대신 달았다네. 그렇게 해 놓으니 괜찮더군. 튼튼하고 멋있었어. 스패너가 없으면 단추를 채울 수 없는 게

42

흠이었지만 말이야. 뭐 이런 일은 사소한 거라서 습관이 되면 아무것도 아니지. 푹스한테도 비상 공구함에서 그에게 꼭 맞는 위아래가 붙어 있는 작업복을 찾아 주었다네. 거의 새것이었지.

반짇고리

바늘, 실, 골무, 헝겊 따위의 바느질 도구를 담는 그릇

스패너

볼트, 너트, 나사를 죄거나 푸는 도구

그런 다음 작은 돛을 만들고 돛대를 세우고 타륜을 만들었네. 승객들이 당직을 서고 우리는 강물을 흘러가며 거북이도 잡고 고기 낚시도 하였지. 승객 아가씨는 요리하는 법을 배웠다네… 전체로 본다면 괜찮았다네. 배가 말을 잘 듣지 않는 게 문제이긴 했지만 말일세. 여차하면 뒤집어질 것 같았거든. 속도도 시원치가 않았네.

그랬지. 하지만 우리는 그래도 항해를 했다네. 동쪽으로, 대서양을 향해 앞으로 나아갔던 거야. 한 달 반쯤 그렇게 항해를 했지. 가면서 싫증이 나도록 구경을 했다네. 원숭이며 열대 덩굴이며 고무나무까지 말이야! 호기심 많은 여행객에게는 물론 흥미롭겠지만 힘든 일이지. 바른대로 말한다면 힘든 일이라네! 그곳 기후는 그다지 좋을 게 없다네. 더욱이 우리는 장마철을 만났던 것일세. 목욕탕처럼 증기가 서리고, 밤이고 낮이고 안개에 싸여 있는가 하면, 덥고, 사방엔 모기떼가 득시글거리고…. 다행인 것은 열병에 걸린 사람이 아무도 없었다는 것이지.

14장

브룬켈 선장이 처음에 배신을 당했다가 끝에 가서
〈베다〉호를 다시 만나게 된 이야기

우리는 마침내 파라항에 도착했다네. 배를 선착장에 대고 모두 배에서 내렸지. 솔직히 말해서 시시하고 그저 그런 도시였다네. 지저분하고, 먼지 많고, 덥고, 거리에는 개들이 돌아다녔어. 하지만 아마존 밀림 너머에서는 이곳이 어느 정도는 문화 중심지라 할 수 있을 것이네. 그렇다 해도 이곳 문화는 독특하여 사람들은 사납고 싸움을 좋아해서 누구나 칼, 권총을 차고 다니

파라항

브라질 북부 파라 주에 있는 항구. 파라 주는 브라질에서 두 번째로 큰 주

44

는 탓에 거리를 걷는 것도 무서울 지경이지….

그랬다네. 힘든 항해를 한 뒤라서 우리는 면도도 하고 빨래도 했어. 우리와 함께 여행했던 사람들은 작별 인사를 한 뒤 기선을 타고 저마다 뿔뿔이 떠나 버렸지. 나와 푹스는 하루 빨리 그곳에서 벗어나고 싶었지만 그럴 수가 없었다네. 여권 같은 증명서 없이는 나갈 수가 없었던 거지. 푹스와 나는 이러지도 저러지도 못하고 이국땅 낯선 해안에서 집도 절도 없이, 뚜렷이 하는 일도 없이, 맷거리도 없이 허송세월만 하고 있던 거지. 아무 일자리라도 구해 볼까 생각했지만 어디 가서 구한단 말인가! 고무나무 농장에서 사람을 구하고 있었는데 그러면 아마존을 다시 가야 했고, 우리는 이미 그곳을 다녀온지라 두 번씩이나 가고 싶은 마음은 없었다네.

시내를 어정버정 돌아다니다가 우리가 처한 상황을 생각해 보려고 가로수 길 야자나무 아래 앉았다네.

갑자기 경찰 한 명이 다가오더니 주지사가 우리를 초대한다 하더군. 물론 영광이긴 했지만 나는 이런 공식적인 접대나 높은 사람 만나는 걸 좋아하는 사람이 아니라네. 하지만 그때는 어쩔 수가 없더군. 초대를 했으니 가야지 어쩌겠나.

그래서 우리는 주지사한테 갔다네. 보니까 배가 나온 뚱뚱한 사람이 욕탕에 들어가 손에 부채를 들고 하마처럼 푸푸 하면서 물을 튀기고 숨을 식식거리고 있더군. 양옆에는 예복을 입은 부관 두 명이 서 있었다네.

"당신들은," 주지사가 묻더군. "누구십니까, 어디서 오셨습니까?"

나는 상황을 대강 얘기하고, 이 모든 일이 어떻게 일어나게 됐는지 설명한 다음 자기소개를 했다네.

"여기는," 내가 말했지. "우리 선원 푹스입니다. 칼레항에서 우리 배의 선원이 되었죠. 저는 브룬겔 선장이라 합니다. 들어 본 적이 있으시겠죠?"

주지사는 그 말을 듣자마자 아 하는 소리를 내더니 욕탕 속으로 머리째 잠기더군. 부채도 떨어뜨리고 거품을 내면서 숨을 헐떡이는 거야. 하마터면 죽을 뻔했다네. 다행히 부관들이 도와서 빠져 죽지는 않았어. 주지사가 숨을 고르고 기침을 하고 얼굴이 벌게지더군.

"그러니까," 주지사가 말했지. "브룬겔 선장이란 말입니까? 당신이란 말씀이세요? 그러면 이제 무슨 짓을 하시렵니까? 질서를 어지럽히고, 불을 지르고, 혁명을 일으키고, 정부를 비난하시려고요? 물론 선장님의 용기에는 감탄이 절로 나오고 개인적으로 조금도 나쁜 감정이 없습니다. 하지만 일을 책임지고 있는 공인으로서 당신에게 당장 내 관할 지역을 떠나라고 명령하겠습니다. 그리고 그렇게 하시는 데 어떤 방해도 하지 않겠습니다…. 부관, 선장님에게 출항 허가서를 내 드리게."

부관은 알겠습니다, 하고 대답을 하고는 금방 서류를 작성해서 도장을 찍어 내주더군. 내게는 그것만 있으면 되었어. 나는 인사를 하고 거수경례를 했지.

"고맙습니다," 내가 말했어. "각하! 친절을 베풀어 주셔서 매우 고맙습니다. 이런 조처를 해주셔서 저는 대만족입니다. 그럼 안녕히 계십시오."

나는 몸을 돌려 그곳을 나왔다네. 푹스도 내 뒤를 따라왔어. 우리는 곧장 선착장으로 갔다네. 그런데 갑자기 뒤에서 떠들썩한 소리며 발소리가 들리는 거야. 뒤를 돌아보니 사복 차림에 차양이 넓은 모자를 쓰고 장화를 신은 사십 명쯤 되는 사람들이 칼과 경기관총을 들고 땀을 뻘뻘 흘리면서 먼지를 일으키며 우리를 향해 달려오더군.

"저기 있다, 저자들이다!" 이렇게 소리를 지르는 거야.

보니까 우리를 잡으러 오는 거였어. 순간 판세를 가늠해 보니 어쩔 수가 없겠더군. 도망가는 것 말고는 말이야. 그래서 우리는 달렸다네…. 우리는 감시 초소 같은 데까지 달렸지. 나는 힘이 들어서 숨을 고르려고 멈춰 섰다네. 심장이 막 뛰는데 지쳐 버렸던 거야. 어쩌겠나. 나이도 있고 날도 더웠으니 말이야. 하지만 푹스는 천하태평이더군. 그는 뜀박질 도사였던 거야.

그런데 보니까 그도 이런 사태에 낙심을 했는지 얼굴이 창백해지고 눈동자가 왔다 갔다 하는 거야. 그러다 갑자기 명랑한 표정을 짓고는 스스럼없이 내 등을 툭 치더군.

"자," 그가 말하더군. "선장님은 여기 서 계세요. 저 혼자 뛰어 갈게요. 선장님은 건드리지 않을 겁니다."

그리고는 쏜살같이 줄행랑을 놓더군.

솔직히 말해서 나는 푹스한테 그런 행동은 기대하지 않았다네. 절망까지 했을 정도였어. '에이, 될 대로 돼라지.' 나는 이렇게 생각했네…. 살아남는 단 하나의 방법은 야자나무로 기어오르는 것이었어. 그래서 기어 올라갔지. 패거리가 점점 다가오더군. 몸을 돌려서 바라보니까 뚱뚱하고 사납고 야비한 자들이더군. 솔직히 겁을 먹었다네. 너무 놀란 나머지 맥이 풀릴 정도였어. 야자나무를 붙들고 매달려 있는데 그들이 벌써 곁에 와서는 식식거리며 발을 구르는 소리가 들리더군. 얘기하는 소리도 들리는데 그걸 듣고 이들이 어떤 사람인지 알게 되었다네. 나는 이자들이 도적 혹은 강도거나 머리 가죽 사냥꾼이라고 생각했는데 알고 보니 옷만 바꿔 입은 헌병이었던 거야. 더위를 먹어서 그랬는지 다른 이유가 있어서 그랬는지는 모르겠지만, 주지사는 제정신이 들자 친절을 베푼 게 후회가 돼서 우리를 찾아내 어떻게든 손을 봐 주라고 명령을 했던 거라네.

그런데 보니까 이자들은 왠지 주춤주춤

머리 가죽 사냥꾼

아메리카 인디언은 사람의 머리 가죽을 사냥하던 관습이 있었다.

하더군. 일 분을 기다리고, 십 분을 기다렸지. 그래도 꼼짝을 않는 거야. 내 팔은 벌써 힘이 다해서 부들부들 떨렸고 곧 나무가 부러져 땅에 떨어지고 말겠더군. '그래, 한 번 죽지 두 번 죽겠나.' 나는 이렇게 생각했던 거야. 그래서 야자나무에서 기어 내려왔지… 그런데 말이지, 아무도 움직이지 않는 거야. 잠시 서서 기다렸는데도 가만히 있더군. 내가 서둘지 않고 자리를 뜨는데도 움직이지 않더군. 심지어 불을 피하듯이 물러서기까지 하더라니까.

나는 허둥지둥 가로수 길로 돌아와 푹스와 내가 앉았던 야자나무 아래 앉아 졸기 시작했다네. 잠이 깊이 들었는지 밤이 오는 것도 몰랐던 거야. 아침 동틀 녘에 푹스가 나타나 나를 깨우고 안부를 묻더군.

"보세요, 선장님," 그가 말했어. "건드리지 않았죠?"

"어째서 그랬는지 해명 좀 해 보게."

"그건 말이죠," 그가 소리 내어 웃더니 뒤로 돌아가 내 등에서 경고판을 한 장 떼어 내더군. 번개를 맞는 해골과 뼈다귀 두 개가 엇갈린 그림, 그리고 아래에 〈건드리면 사망!〉이란 문구가 써 있는 경고판이었던 거야.

푹스가 언제 이 경고판을 붙여 놓는지는 자네에게 얘기하기 어렵군. 하지만 가로수 길에 있던 그 감시 초소에 변압기가 있었다는 걸 생각해 봐야 할 거야. 그렇지 않고서야 어디서 구했겠나….

그랬지. 우리는 잠시 소리 내어 웃고는 얘
기를 나눴다네. 푹스는 시간을 헛되이 보내
지 않았더군. 배표를 구해왔던 거야. 내가
선착장에서 통행증을 보여주니 두말없이 보

내 주더군. 객실까지 배정해 주고 즐거운 여행을 빌어 주었다네. 우리
는 귀족 같은 모습으로 리우데자네이루를 향해 출발을 했지.

우리는 무사히 도착하여 배에서 내렸다네. 그런 후 우리는 조사에
착수했어.

알아보니 〈베다〉호는 멀지 않은 이곳 해안으로 표류해 왔던 거야. 물
론 파손이 되긴 했지만 롬이 훌륭하게 능력을 발휘해서 모든 걸 정비
해서 배를 선대에 세워 두고는 자신은 은둔 생활에 들어갔더군. 줄곧
나의 명령을 기다리고 있었지만 자네도 알다시피 나는 명령을 내릴 상
황이 아니었던 것이지.

그래서 나와 푹스는 이 지역 교통수단인 바퀴 달린 마차를 돈을 주고
빌리고 황소를 채찍질하며 길을 떠났던 것일세. 해안 길을 따라가면서
우리는 슬프면서도 교훈이 될 만한 이 지역의 풍습을 눈여겨보았다네.
이백 명쯤 되는 흑인이 커피와 설탕을 창고에서 해안으로 끌어와 자루
째로 바로 물속으로 풍덩풍덩 던지더군. 그러다 보니 바다는 물 대신
에 시럽이 되어 있었지. 사방이 파리와 벌 때문에 난리더군. 우리는 넋

을 잃고 바라보았다네. 우리는 왜 이런 놀음을 하는지 흥미가 일었어. 설탕 가격이 싼데 어디 놔둘 곳도 없고 해서 이런 식으로 가격을 올려 생활 수준을 높이는 거라고 설명을 해 주더군. 한마디로 그렇게 하는 것은 모두 정상이며 달리 어떻게 할 도리가 없다는 것이었지. 그랬지. 우리는 계속해서 갔다네. 마침내 미녀 〈베다〉호가 해안에서 굳센 명령의 손길을 기다리는 모습이 우리 눈앞에 보이더군. 그리고 그 옆에는 어떤 키다리가 어슬렁거리고 있었지. 모습이 완전 강도더군. 우산처럼 솟은 모자하며, 옆구리에 찬 손도끼하며, 술이 달린 바지하며. 그자가 우리를 발견하고는 덤벼드는 거야. '아, 이제 도끼에 맞아 죽는구나!' 이렇게 나는 생각했다네.

하지만 죽지 않았더군. 아니었어. 알고 보니 이 사람은 롬이었던 거야. 거기 머물며 그 지방 사람처럼 차려입었던 것이지.

우리는 얼싸안고 키스를 하고 눈물까지 흘렸다네. 저녁에는 수다를 떨었지. 롬은 자기가 겪은 불행을 얘기하고 우리도 겪은 사건을 이야기하였지.

아침이 되자 우리는 용골에서 쐐기를 빼내 요트를 물에 띄운 뒤 깃발을 올렸다네. 솔직히 말해 내 눈에서 눈물까지 흐르더군. 이보게, 그건 정말 큰 기쁨이라네. 자기 배를 타고 있다는 거 말일세. 더 큰 기쁨은 계속해서 항해를 할 수 있다는 거였네. 씩씩하게 다음 여정을 향해 출발할 수 있었던 것이지. 출항 신고를 하는 일만 남아 있었다네.

그 일은 내가 맡기로 했어. 항구 최고 책임자, 혹은 그곳 방식으로 말해서, 〈바이아 항만청장〉에게 서류를 제출했다네.

항만청장은 나를 보고는 금방 두꺼비처럼 못마땅한 표정을 짓고서 소리를 치더군.

바이아

브라질 북동쪽 대서양 연안에 있는 한 주

"아, 당신이 〈베다〉호 선장입니까? 정말 부끄럽지도 않아요! 여기저기 당신을 고발하는 내용들뿐입니다. 쿠사키 장군은 당신이 무슨 섬인가를 망가뜨리고 향유고래를 모욕했다고 고소를 하고 있고… 주지사는 당신이 맘대로 파라항을 떠났다고 말하고 있습니다…"

"뭐라고요." 내가 말했지. "내가 맘대로요? 그럼 이걸 보시겠습니까?" 나는 통행증을 내밀었다네.

그 사람은 보지도 않더군.

"아뇨," 그가 말했어. "안 됩니다. 받아들일 수 없습니다. 당신이란 사람은 말썽만 일으키고… 여기서 얼른 나가세요!" 그러더니 이렇게 고함을 지르는 거야. "중위! 〈베다〉호에 짐을 잔뜩 실어서 바다에 가라앉혀 버리게!"

나는 그곳을 나왔지. 발걸음을 서둘러 배 있는 곳으로 갔다네. 도착해 보니 벌써 짐도 갖다 놓고 어떤 관리 하나가 이리저리 움직이며 지휘를 하더군.

"당신 배에 짐을 실어서 가라앉힌다는 얘기는 들으셨지요?" 그가 말하더군. "걱정하지 마세요, 제가 늑장부리지 않고 일 분 안에 해 드리죠…."

솔직히 말해서 나는 아마도 여기서 끝장인가 보구나 하고 생각했다네. 요트가 물에 가라앉으면 그 다음은 끝이지 뭐겠는가. 하지만 여기서도 나는 상황을 훌륭하게 이용했다네.

"이봐요, 잠깐만!" 내가 소리쳤어. "어떤 짐을 실으려고 하시나? 나는 일등 품질의 설탕 짐을 실어 줬으면 좋겠는데."

"그럼 그렇게 해 드리죠!" 그가 말했지. "자, 그럼 잠시만 기다리세요."

흑인들이 개미처럼 달려가더니 요트에 짐을 싣기 시작했다네. 선창이며 갑판에 설탕을 부대째 잔뜩 싣더군.

불쌍한 나의 〈베다〉는 깊이깊이 가라앉았어. 나중에는 뽀글-뽀글-뽀글 소리가 나더군…. 보니까 돛대만이 솟아 있었지. 결국은 돛대도 자취를 감추고 말았다네.

롬과 푹스는 슬픔에 잠겨서 정든 배의 최후를 지켜보았다네. 두 사람 눈에 눈물이 고였더군. 하지만 그와 반대로 나는 기분이 아주 좋았지. 나는 해변에 진을 치라고 명령했다네. 우리는 삼 일을 머물렀지.

사흘째 되는 날 설탕이 다 녹자 우리 요트가 천천히 떠오르기 시작하더군. 우리는 청소를 하고 닦은 뒤 돛을 올리고 출발했다네.

우리가 출발을 하자마자 해안에는 허리에 칼을 찬 항만청장이 소리를 지르더군.

"안 돼!"

그 옆에서는 낯이 익은 쿠사키 대장이 펄펄 뛰면서 같이 욕을 하더군.

"항만청장, 무슨 일을 그렇게 하십니까? 일이 이 지경이 됐으니 돈은 돌려주셔야겠습니다."

'그래, 실컷 욕이나 하셔.' 하고 나는 생각했다네. 그들에게 손을 잠시 흔들어 주고 돛을 펴서는 전속력으로 달리기 시작했다네.

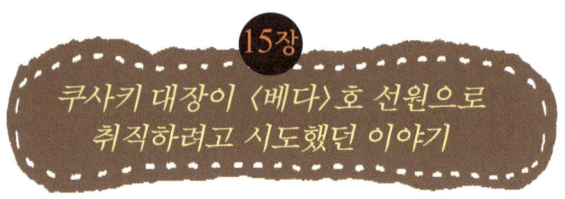

15장

쿠사키 대장이 〈베다〉호 선원으로
취직하려고 시도했던 이야기

우리가 가야 할 항로는 브라질에서 서쪽으로 가는 것이었네. 하지만 대륙을 가로질러 갈 수는 없었으므로 남쪽으로 돌아가야 했지. 나는 항로를 유지한 채 당번을 세우고 출발을 했다네. 이번 항해는 아주 훌륭하더군. 바람은 우리가 바라던 대로 불어오고, 배가 가는 쪽 아래에서는 파도가 부서지고, 배 뒤로는 길처럼 하얀 물거품이 생기고, 돛은 웅웅 소리를 내고, 밧줄은 팽팽해졌지. 배는 하루에 이백 해리쯤을 달렸고 우리는 팔짱을 끼고 앉아 있었다네. 롬과 푹스는 완전히 게 을러져서 규율이 풀어지기 시작했더군. 나는 선원들에게 일을 시키기로 했다네.

"자," 내가 말했어. "롬, 그만하면 일광욕은 충분히 했으니 동판 글자를 맡게나. 불이 나도록 문질러 닦아야 하네."

내가 그렇게 말하자 롬이 거수경례를 하며 "실시!" 하고 대답하더군.

그러더니 벽돌을 으깨고 헝겊을 들고 일을 시작하는 거야.

나는 선실로 내려와 깜빡 잠이 들려 했었지. 그 순간 갑판에서 허둥거리는 소리가 들렸다네. 나는 자리에서 뛰어 일어나 선창으로 달려갔지. 푹스가 맞은편에 있는데 얼굴이 하얘져서 떨고 있더군.

"죄송하지만," 그가 말하더군. "브룬겔 선장님, 갑판에 나가 보세요. 배에 불이 난 거 같아요."

뛰어서 갑판에 나가 보았지. 보니까 정말이더군. 갑판 두 곳이 불타고 있던 거야. 롬은 무슨 일이 있거나 말거나 불이 난 곳에서 멀리 떨어져 앉아 동판을 문지르고 있었어. 가만히 살펴보니 불은 여기 갑판에서 났던 거야.

나조차도 어쩔 줄을 모르겠더군.

"롬," 내가 소리쳤어. "말해 보게, 어찌 된 일인가?"

롬이 일어나 거수경례를 하고 조용히 보고를 하더군.

"선장님이 명령하신 대로 동판을 닦아서 불이 나게 했습니다. 그 다음에 할 지시 사항은 무엇입니까?"

나는 롬에게 마구 화를 내려다가 순간 자제를 했다네. 보니까 잘못은 나한테 있었던 거야. 자네도 알다시피 작가나 예술가는 어느 정도 마음대로 상상을 해도 상관없지. 하지만 우리가 하는 바다 일에서는 정확함이 가장 먼저라네. 우리한테 시를 쓸 시간이 어디 있겠나. 명령을 할 때는 먼저 그것이 무슨 의미인지 생각을 해 봐야 한다네. 안 그러면 롬과 같은 일이 벌어지고 마는 것이지. 그는 매우 신중하고 꼼꼼해서 명령을 곧이곧대로 따르는 게 습관이 되어 있었어. 더구나 롬은 힘이 장사라서 그런 사고가 난 것도 무리가 아니었지.

결국 내 실수로 생긴 사고는 어떻게든 마무리를 해야 했다네.

"동판 닦기 중단! 화재 경보를 울릴 것!"

푹스가 종이 있는 곳으로 달려가더군. 경보가 울릴 때의 수칙에 따라 롬은 불이 난 곳 옆에 머물고 나는 타륜을 잡았다네. 소리만 요란했지 아무 효과가 없었던 거야. 불길은 번져 갔어. 올림픽 성화처럼 타더군. 자칫하다간 돛에까지 불이 옮겨 붙을 참이었다네. 내가 보니까 상황이 엉망이더군. 나는 돛을 완전히 펴서 바람을 정면으로 맞게 하였지. 효과가 있더군. 불길이 잡혔던 거야. 불은 배 고물에서 잠시 치맛자락처럼 살랑살랑 장난을 치다가 갑자기 멈추더니 꺼져 버리더군. 푹스는 안심을 하였다네. 롬도 자신이 과하게 애를 썼다는 걸 깨달았지.

그랬다네.

우리는 다시 이전 항로로 방향을 잡고 전진하면서 파손된 갑판 부분을 교체하고 별다른 모험 없이 혼 곶을 지나 뉴질랜드를 거쳐 무사히 오스트레일리아의 시드니에 도착했다네.

그런데 말일세, 항구 가장자리까지 다가갔을 때 우리가 본 게 무엇인지 아나? 캥거루나 오리너구리, 타조였다고 생각하나? 천만에! 우리가 도착해서 보니까 해안에 사람들이 모여 있는데, 그 사람들 맨 앞에 쿠사키 대장이 몸소 나와 있었다네.

혼 곶

남아메리카 대륙 가장 남쪽에 있는 곶. 지명은 네덜란드 도시 호른(hoorn)에서 유래하였다.

오리너구리

동부 오스트레일리아와 태즈메이니아에 사는 동물. 주둥이가 오리처럼 길고 넓적하며 발가락에는 물갈퀴가 있다. 포유류로는 특이하게 알을 낳으며 부화한 새끼는 젖으로 기른다. 전체 몸길이는 60㎝ 정도이다. 수컷의 뒷다리에 독침이 있어 사람에게도 아주 큰 고통을 준다.

어떻게 거기 왔는지, 어디서 왔는지, 왜 왔는지, 그런 거야 귀신이나 알겠지! 그렇지만 한 가지, 이 사람이 그자라는 건 틀림없었어. 솔직히 말해서 나는 반갑지 않더군. 불쾌하기까지 했다네.

우리는 선착장에 다가가 배를 멈추었지. 대장은 사람들 사이로 사라졌더군. 잔교를 내려 주자마자 나는 뭍에 올랐다네. 입항 신고서를 써내고 그곳 관리들에게 자기소개를 하고 얘기를 나눴다네. 처음에는 흔히 그러듯이 날씨 얘기, 건강 얘기, 각지의 새 소식 얘기를 나누다가 대화 중에 슬쩍 낚시를 던져 보았지. 말하자면 속마음을 탐색했던 거야. 쿠사키 대장이 여기서 하는 일이 뭐고 어떤 비열한 짓을 꾸미고 있는지 어쩌면 알아낼 수도 있을 거라고 생각했지.

하지만 관리들은 들은 얘기가 없다는 핑계로 하나도 안 알려 주더군. 그들과 좀 더 수다를 떨다가 항만청장에게 갔다네. 인사를 하고 나서 솔직하게 밝혔지. 한 일본 대장이 나를 괴롭히고 있다고 말이야.

"한 사람이라고요?" 그 사람이 말하더군. "그러면 정말 운이 좋으신 건데요. 저는 그런 사람이 하도 많아서 어디로 피해야 할지도 모르겠고, 아무런 대책도 세울 수가 없을 정돕니다. 그래서 도와주지도 말고 방해하지도 말라고 아랫사람들에게 명령을 해 놨습니다. 다른 일이라면 기꺼이 도와 드리겠습니다만. 레몬을 넣은 위스키 한 잔 어떠세요? 저와 같이 점심을 드시는 것도 괜찮고요. 담배 태우시겠습니까? 그런데 일본 대장 문제는 알아서 처리하셔야…."

한마디로 상황이 마뜩잖게 돌아가더군. 물론 쿠사키 대장쯤이야 우리에겐 거물도 아니었어. 솔직히 그 당시에도 그자는 별로 두렵지 않았지. 그렇지만 말이네, 바른대로 말하면, 우리는 그와 그다지 얽히고 싶지 않았던 거야.

내가 자네에게 이탈리아 얘기를 한 적이 있었지. 그 나라 우두머리들은 아프리카 전체를 손에 넣으려고 꿈을 꿨던 거라네. 유럽도 절반, 아시아도 삼분의 일을 집어삼키려 했던 거지…. 동쪽에서는 일본 귀족들 (일본 식으로 말하면, 사무라이)도 똑같이 헛된 꿈을 꾸고 있었어. 중국 전부, 시베리아 전부, 아메리카 절반을 자기들에게 달라는 것이었지….

물론 누구나 꿈꿀 자유는 있는 거야. 가끔 공상에 잠기는 것도 필요하다네. 하지만 몽상가가 견장을 달고 군함 위에서 포탄을 장전한 대포 옆에 서게 되면 얘기가 달라지지. 안 좋은 일이 터질 수도 있으니까…. 헛된 꿈을 꾸고서 그걸 이루겠다고 생각을 하다가 빵-빵-빵 대포를 쏘게 되는 것이거든. 포탄이 빗나가면 다행이겠지. 하지만 그게 명중을 하면 어떻게 되겠나? 꿈에라도 그런 일이 일어날까 무섭다네!

우리가 그런 몽상가들을 굳이 피해 가려 한 것도 바로 그런 이유 때문이었다네. 하지만 바른대로 말하면, 우리가 늘 성공했던 것은 아니었어. 그런 자들 가운데는 끈질긴 몽상가들이 종종 있는데, 이들한테서는 결코 벗어날 수가 없다네. 내가 걸려든 게 바로 그런 자들 중 하나인 쿠사키 대장이었던 거야. 고래 사랑 위원회에서 만나자마자 나를 붙잡고 늘어진 거지. 거머리처럼 말이야.

물론 그 대장들이 내 일에만 간섭했던 건 아니었네. 그들은 모든 일에 간섭을 했던 거야. 여기저기 부추겨 전쟁을 일으키는가 하면, 몰래 빼앗기도 하고, 구석구석 돌아다니며 이득이 되는 곳이 있나 냄새를 맡고 다니지. 석유가 나나 안 나나, 고기가 많이 잡히나 안 잡히나, 황

금이 나나 안 나나, 하고 말이야. 물론 이런 사실을 우리만 알고 있던 건 아니었어. 하지만 우리가 도착했던 그곳에서는 보고도 못 본 체 해 버렸던 거야. 도와주지도 않고 방해도 않는다는 식이었지. 말하자면 위협도 하고 서로 안전을 보장해 준다고 하면서 그렇게 눈 가리고 아웅을 했던 거라네.

그랬지. 그런데 말이야, 자네에겐 이렇게 설명을 할 수 있지만 항만 청장과 그런 대화를 나누기는 마땅치가 않았다네. 그에게 고맙다고 얘기하고 그곳을 나왔지. 허탕을 치고 나왔으니 아무런 조치를 취할 수가 없던 거야.

배로 돌아와 차를 마셨지. 그런데 어느 모로 보나 일본 노동자 같은 키 작은 사람 하나가 배 위로 올라오더군. 낡아빠진 재킷을 입고 손에는 작은 통을 들고 있었네. 머뭇머뭇 다가오더니 그곳 오스트레일리아에서는 배가 고파 죽기 직전이니 선원으로 써 달라고 사정을 하는 거야. 그것도 끈질기게 말이야.

"한번 가 보세요." 그가 말하더군. "태평양에 나가면 태풍이나 안개, 알 수 없는 해류가 있어요…. 그런 것들은 다루지 못하실 걸요. 선장님, 그러니 저를 써 주세요! 뱃사람이라서 쓸모가 있을 겁니다. 세탁도 하고 이발도 해 드릴 수 있어요. 못하는 게 없다니까요…."

"그럼," 내가 말했어. "한 시간 있다가 오세요. 생각 좀 해 보겠습니다."

그가 떠났다네. 꼭 한 시간이 지나자 대사관 차량 한 대가 멀지 않은 데서 멈추더군.

나는 쌍안경을 들고 지켜보았지. 그랬더니 차에서 그 일본 사람이 내려서 작은 통을 들고 천천히 배 있는 곳으로 오는 거야. 공손히 인사를 하고는 아까처럼 노래를 부르더군.

"저를 써 주세요… 다루지 못하실 겁니다…"

"생각해 보니," 내가 말했어. "당신 말이 맞는 거 같군요. 선원을 한 사람 써야겠습니다. 하지만 젊은이, 당신은 안 되겠군요."

"어째서요?"

"그건 말이죠, 당신 얼굴색이 전혀 자연스럽지가 못하기 때문입니다. 이 문제에 대한 내 견해는 다소 낡기는 하지만 확고합니다. 내 생각으로는 아랍 사람이라면 쓸 수도 있을 겁니다. 얼굴이 검으니까요. 흑인도 쓸 수 있고, 파푸아 사람도 쓸 수가 있어요. 하지만 당신은, 죄송하지만, 안 되겠군요.""그러시다면," 그가 말하더군. "뭐 어쩔 수가 없군요. 심려를 끼쳐 죄송합니다." 인사를 하고 가더군.

얼마 안 있어 우리는 산책을 하기로 했다네. 옷을 단정히 하고 면도도 하고 머리도 빗었지. 요트는 밧줄로 묶어 놓고 선실은 자물쇠로 잠갔다네. 셋이서 거리를 거닐며 그 지방의 다양한 풍습을 구경하였지.

낯선 나라라 흥미롭더군. 그런데 갑자기 이상한 광경이 보이는 거야. 흑인 구두닦이가 앉아 있는데 그 앞에는 아까 봤던 그 일본 사람이 두 팔과 두 다리로 땅을 짚고 엎드려 있었네. 흑인은 검은 구두약으로 일본 사람에게 칠을 해 주고 있었어. 정말 그랬다니까! 구두닦이가 얼마나 능숙하게 닦아 주는지 뺨에서 불꽃이 튈 정도였다네…. 우리는 아무 상관도 없는 듯한 표정으로 딴전까지 피우며 지나갔지. 얼굴을 딴 데로 돌리기까지 하였어. 저녁에 우리는 배로 돌아왔다네. 푹스와 롬은 지쳐 있어서 내가 당직을 서며 그 흑인을 기다렸지. 거리에서 보기를 잘했다는 생각이 들더군.

그러던 중 항만청장한테서 편지가 오더군. 보니까 노인이 심심해서 내일 골프 시합을 하자는 초청장이었어. 솔직히 나는 그게 어떻게 하는 경기인지 몰랐다네. 하지만 될대로 돼라지 하고 생각했던 거야. 지더라도 산책하는 셈 치면 되고 해안에서 굳은 몸이나 풀어 보자 생각을 하였지…. 한마디로 가겠다고 답장을 보내고 준비를 하기로 했다네.

롬을 깨워 물어보았지.

"골프를 치는 데 뭐가 필요한가?"

그가 잠시 생각을 하더니 말하더군.

"제 생각에는, 브룬겔 선장님, 뜨개질한 각반만 있으면 될 겁니다. 다른 건 필요 없어요. 저한테 낡은 속옷으로 만든 토시가 있는데 필요하면 가져가세요."

나는 그걸 받아서 몸에 맞추었네. 바지는 빳빳하게 다리고 제복은 핀을 꽂아 허리에 고정시켰지. 결과는 아주 훌륭했다네. 늠름한 운동선수 같은 모습이 우승자와 다름없었지.

하지만 안심이 안 돼서 골프 교본을 들여다보고 지식을 얻었다네. 보니까 경기라는 게 정말 시시하더군. 들판을 걸으면서 이 구멍에서 저 구멍으로 공을 굴려 넣는 거였어. 가장 적은 타수로 넣은 사람이 이기는 경기였지. 그런데 각반만 가지고는 안 되겠더군. 갖가지 채며 막대기며 몽둥이가 필요했던 거야. 거기에 사동도 한 명 있어야겠더군. 이 물건들을 들고 다녀 줄 사람 말이야.

그래서 나와 롬은 장비를 구하러 갔다네. 시드니 전체를 돌아다녀도 마땅한 게 없더군. 한 가게에 갔더니 가느다란 채가 있고, 또 다른 가게에서는 경찰봉을 권하더군. 그런데 이것들은 왠지 손에 맞지를 않았다네.

그렇게 시간은 벌써 밤이 되었다네. 달이 빛나고 있었지. 거리에는 달빛을 받아 신비로운 그림자가 깔려 있었어. 나는 낙심을 하고 있었지. 어디서 그것을 구하나? 나뭇가지를 꺾어 가나?

보니까 높은 담장이 있는 정원이 있고 그 담장 너머에 갖가지 나무가 있더군. 롬이 나를 받쳐 주어서 우리는 담장을 넘어가 관목 사이로 들어갔다네.

돌연 키다리 흑인 하나가 살금살금 걸어오는데 골프채를 겨드랑이에 한 아름 끼고 있는 거야. 교본에서 본 바로 그 모양새더군.

"어이, 저기요." 내가 소리쳤어. "그 운동 용구를 저한테 좀 양보해주시면 안 될까요?"

그런데 그 사람은 못 알아들은 건지 아니면 뜻밖이었는지 그냥 무서운 소리로 고함을 지르더니 방망이 하나를 집어 들고 머리 위로 흔들더라고. 우리를 향해서 말이야… 창피한 노릇이긴 하지만 나는 그만 깜짝 놀라고 말았다네. 바로 그때 롬이 나를 구해 주더군. 그 사람을 그러안아서 나무 위로 집어던진 거야. 그러는 동안 나는 그 막대기들을 주워 모아서 살펴보았어. 보니까 교본에 그려진 꼭 그대로더군.

이렇게 공교로울 수가! 나는 그걸 보면서 생각에 잠겨 있었지. 그러자 롬이 나를 생각에서 깨우더군.

"이제 갑시다." 그가 말했지. "브룬겔 선장님, 돌아가시죠. 여기는 왠지 습기가 많아서 감기가 들 거 같아요."

우리는 다시 담장을 넘어 배로 돌아왔다네. 나는 안심이 되더군. 옷도 있고, 채도 있으니 이제 사동 구하는 일만 남았으니까… 하지만 양심은 조금 찔렸다네. 어떤 이유로든 다른 사람의 물건을 빼앗았다는게 꺼림칙했지. 하지만 다른 측면에서 보면 그자가 먼저 덤벼들었고

나는 그 채들을 하루만 쓸 작정이었던 거야. 말하자면 빌리는 거였지…. 한마디로 골프채 문제는 이렇게 해결이 되었다네.

그리고 사동 일은 더 쉽게 해결이 되었다네. 아침이 되어 해가 뜨자마자 어떤 사람이 공손한 목소리로 부르는 거야.

"선장님, 선장님!"

밖을 내다보았어. 그리고 말했지.

"내가 선장이요, 들어오세요. 도와 드릴 일이라도?"

보니까 아는 사람이더군. 어제 왔던 일본 사람이었던 거야. 그런데 흑인 모습을 하고 있더군. 어제 분장하는 걸 보았기에 망정이지 안 그랬으면 못 알아보았을 걸세. 그만큼 솜씨 좋게 겉모습을 바꿔 놓았다네. 머리털은 양털 모자로 곱슬머리를 만들고, 얼굴은 빛이 날 만큼 닦아 놓고, 발에는 짚으로 만든 신발을 신고, 아래는 사라사로 만든 띠 바지를 입었더군.

"선장님." 그가 말했어. "여기에서 흑인 선원을 쓰신다고 들었습니다."

"맞네." 내가 말했지. "사람을 구하기는 하는데 선원이 아니라 골프 보이라네. 이 골프채를 들고 나를 따라 오게나…."

우리는 출발했다네. 항만청장이 먼저 도착해서 나를 기다리고 있더군. 우리는 차를 타고 한 시간쯤 갔지.

"자, 그럼," 내 파트너가 말하더군. "시작하시죠! 참, 그런데 신사로서 타수를 속이시는 일은 없으시겠죠?"

그가 공을 홀에 올려놓고 채를 휘둘러 때리더군. 나도 공을 쳤어. 그의 공은 곧장 날아갔지만 내 공은 옆으로 빗나갔다네. 그래서 나는 지옥까지라도 쫓아갈듯이 공을 쫓아갔지. 주위는 관목들이 있고, 계곡이며 협곡이 있어서 그림 같은 지형이었지만 아주 꽉 막힌 곳이었네. 내가 데리고 온 흑인은 죽을 맛이었지. 골프채는 무겁고, 날은 덥고 후덥지근했으니 그럴 만도 했어. 땀을 줄줄 바가지로 흘리는데, 분장은 죄다 벗겨지고 왁스는 풀어져서 이제는 흑인이 아니라 얼룩말처럼 되었더군. 얼굴이 온통 노란 색과 검은 색으로 얼룩덜룩했어. 솔직히 나도 지쳐 있었지. 보니까 냇물이 흐르는데 그곳에서는 냇물이 드물었다네.

"자," 내가 말했지. "여기서 좀 쉬면서 얘기나 나누세나. 자네 이름이 어떻게 되나?"

"톰입니다, 선장님."

"그럼 톰 아저씨라 부르면 되겠군 그래. 자, 톰 아저씨, 우리 저기 가서 세수나 합시다."

"아뇨, 안 됩니다, 선장님. 저는 세수를 할 수 없습니다. 터부라서요."

"아," 내가 말했어. "그렇군. 터부라니 자네

 **터부**

어떤 말이나 행동을 금하거나 꺼리는 것

69

가 하고 싶은 대로 하게. 그것만 아니라면 세수를 하는 게 나을 거 같은데 말이야. 한번 보게, 자네 얼굴색이 완전히 변해서 하는 소리네."

내가 그런 말을 할 필요는 없었던 거야. 하지만 내뱉은 말은 주워 담을 수 없었지. 그가 잠시 입을 다물고 있더니 눈만 반짝반짝 빛내면서 책상다리를 하고 앉더군.

나는 냇가로 갔다네. 물이 차고 맑은 게 수정 같았지. 상큼하게 세수를 하면서 하마처럼 푸—푸 소리를 냈다네. 그러고서 뒤를 돌아보니 그가 살금살금 다가오는 거야. 손에는 가장 무거운 몽둥이를 들고 말이야. 내가 그에게 소리를 지르려 했지만 이미 늦었다네. 그가 나를 향해 그 몽둥이를 던진 거야. 그걸 맞았다면 두개골이 끝장났을 걸세. 하지만 나는 당황하지 않았어. 물로 풍덩 뛰어들었지!

그러고서 봤더니 그자가 서서 이빨을 드러내고 있는데 눈이 호랑이처럼 이글이글 타면서 다시 덤벼드는 거야….

그런데 위에서 뭔가가 날아와 그자의 머리를 딱 하고 때렸다네! 그가 바로 쓰러지더군. 내가 그곳으로 달려가 구원자를 찾았지만 아무도 없었다네. 그 몽둥이만 있었지…. 그걸 집어서 살펴보니 거기에는 회사 상표 대신 그곳 토착민의 신령이 그려져 있더군. 그제야 나는 깨달았다네. 내가 어제 얻은 건 골프채가 아니라 파푸아 사람의 부메랑이었던 거야. 부메랑이 어떤 무기인지 아나? 그걸 쓰면 실수 없이 목표물을 맞출 수 있다네. 한 번 빗나가도 주의를 하지 않으면 되돌아와서 바로 그렇게 두개골을 딱 하고 때리게 되는 거라네.

나는 톰 아저씨를 살펴보았어. 들어 보니까 맥박이 뛰더군. 죽을 정도는 아니라는 얘기였지. 그자의 두 발을 잡아 그늘로 끌고 갔다네. 그런데 그자의 주머니에서 쪽지 같은 게 떨어지는 거야. 주워서 보니까 명함이었네. 무슨 명함인가 보았지. 자네는 그게 뭐였을 거 같은가? 흰 종이에 검은 글씨로 이렇게 씌어 있었다네.

하무라 쿠사키
해 군 대 장

'아, 자네가 그 자였구나!' 나는 이렇게 생각했다네. '그럼 잠시 누워서 쉬시게나. 나는 시간이 없어서 경기나 계속 해야겠네. 안 그러면 파트너가 화를 낼 거야.'

그랬지. 나는 계속해서 갔다네. 하지만 그렇게 공을 치면서도 이런 골프 경기에 매달리는 게 기쁘지가 않더군. 그래도 어쩌겠나, 내가 물러서는 성격이 아니니 말일세. 공을 치면서 타수를 세었다네. 조금 힘들더군. 사동이 여기저기 짐을 들어 주었으면 좋았을 텐데, 혼자서 하려니 죽을 노릇이더군. 다리는 쑤시고, 팔은 말을 안 듣는 거야. 그러니까 결국은 내가 공을 몰고 가는 게 아니라 공이 나를 몰고 가는 꼴이 되어 버렸지. 그렇게 공을 몰고 가다가 보니 주위엔 연못과 잔디가 있고 냇물이 흐르는데 해변에 작은 언덕이 보이더군….

'그래.' 나는 생각했다네. '저 냇가까지만 몰고 가서 잠시 쉰 다음 목욕이나 하자.'

채를 휘둘러 공을 쳤다네. 근데 갑자기 이 언덕들이 벌떡 일어서더니 뜀을 뛰기 시작하는 거야….

알고 보니 이건 언덕이 아니라 캥거루 무리였다네. 보니까 그놈들이 놀라서 뿔뿔이 흩어져 뛰어가더군. 내가 친 공은 맹렬한 기세로 날아가다가 어떤 캥거루의 주머니 속으로 들어가 버렸다네. 그 캥거루는 소리를 한 번 지르고는 달리기 시작했어…. 꼬리와 두 다리로 달리더군. 두 앞발로 주머니를 잡고 내 곁을 껑충껑충 뛰며 지나갔다네….

이제 어쩐다지? 나는 골프채를 놓고 그 뒤를 쫓았다네. 공을 잃어 버릴 수는 없었으니까 말이야.

그건 장애물 달리기 같았다네. 지금도 그때 생각을 하니 기분이 유쾌하군.

발밑에서는 가지가 부러지고, 돌들이 옆으로 튀었다네.

나는 지쳤지만 질 수는 없었어. 캥거루를 시야에서 놓쳐서는 안 되었던 거야. 그래서 그놈이 쉬려고 멈추면 나도 쉬고, 그놈이 뛰기 시작하면 나도 뛰었다네….

그런데 이 짐승이 갑자기 당황하더니 옆길로 새는 거야. 숲이 우거

진 곳이나 나무들이 있는 곳으로 갔으면 좋겠는데 길이 트여 있는 도로를 따라 시드니로 가는 거야.

드디어 저기서 도시가 보이더니 찻길이 시작되더군. 사람들이 우리를 쳐다보며 소리를 지르고, 경찰 한 명이 오토바이를 타고 쫓아오며 경적을 울렸다네…. 캥거루가 놀랐는지 허공에서 공중회전이라도 하듯이 돌더군. 그러자 공이 주머니에서 튀어나왔어. 나는 달려가서 허리를 구부렸지. 그 순간 허리 아래쪽을 무언가가 되게 때리는 거야. 아, 그 느낌이라니! 솔직히 앉지도 서지도 못하겠더군.

하지만 그래도 나는 일어나서 먼지를 털었다네. 사방에 사람들이 있었는데 동정을 하며 부축을 해 주려 하였지. 하지만 내게 필요했던 건 부축이 아니라 골프채였다네. 공은 거기 있고 홀은 멀지 않은데 때릴 게 없었던 거야. 한 신사가 불쌍했던지 자기 지팡이를 내주더군. 그래서 나는 팔십삼 타로 경기를 끝냈다네.

항만청장은 줄곧 탄식만 연발하였지.

"놀라운 결과입니다!" 그가 말하더군. "그렇게 어려운 코스를 겨우 팔십사 타만에 끝내시다니요!"

"정확히 말하면," 내가 대답했지. "팔십삼 타입니다. 더도 아니고 덜도 아니고…"

캥거루에 대해서는 말하지 않았다네. 교본에는 캥거루 얘기가 전혀 나와 있지 않았고 경기 규칙에도 없었으니 말일세. 동물이 의도를 갖고 도움을 준 것이 아니라면 그건 동물 쪽 문제지 내 잘못은 아니라는 결론이 나오는 것이지.

16장

불한당 이야기

나는 항만청장과 새로운 소식이나 볼만한 곳에 관한 얘기를 나누었다네. 그 사람이 나를 박물관에 초대를 하더군. 우리는 함께 갔다네. 거기엔 정말 볼만한 게 있었네. 본래 크기의 오리너구리 모형이며 딩고, 국 선장의 초상화가 있더군….

내가 관심을 기울여 꼼꼼하게 보고 있는데 그 사람이 내 소매를 잡아끌고 앞으로 가더군.

"가시죠." 그가 말했어. "아주 중요한 걸 보여 드리죠. 살아 있는 전시물인데 완전 무장을

 딩고

갯과의 포유류로 오스트레일리아에 분포한다. 귀는 쫑긋하고 다리가 길고 들이나 숲에서 모여 살며 양, 캥거루 등을 잡아먹는다.

하고 있는 추장이지요. 아주 흥미롭습니다…."

　우리는 한 전시실로 들어갔다네. 거기엔 동물원처럼 우리를 만들어 놓았는데 그 안에는 머리카락을 이상하게 많은 건장한 파푸아 사람 하나가 어슬렁대고 있었어…. 그가 우리를 보더니 전투의 함성을 지르고 머리 위로 몽둥이를 휘두르더군…. 나는 뒤로 물러설 뻔 했다네. 잠시 후 호놀룰루에서 만났던 배우들을 머리에 떠올렸는데 정직하게 말하면 그건 내 잘못이었다네. '이 사람도 아마 배우일 거야.' 나는 그렇게 생각했던 거야. 그래서 다른 사람들이 없을 때 살짝 그가 어떻게 해서 여기까지 오게 됐는지 직접 물어보기로 했다네.

　나는 항만청장과 공손하게 작별 인사를 했지.

　"고맙습니다." 내가 말했어. "함께 동행을 해 주셔서. 여기는 무척 흥미롭군요. 괜히 오래 기다리시게 할까 봐서 그러는데, 괜찮으시면 혼자서 좀 더 구경을 했으면 해서요…."

　그렇게 해서 나와 파푸아 사람만 남게 되었다네. 우리는 얘기를 나누었지.

　"그런데 당신은," 내가 물었어. "솔직히 진짜 파푸아 사람이십니까?"

　"그럼요, 무슨 말씀을요." 그 사람이 대답하더군. "진짜예요. 추장 아들인데 영국 옥스퍼드에서 공부했지요. 최우수 성적으로 대학을 졸업하고 박사 학위를 땄습니다. 법학 박사 학위를 받고 고향에 돌아왔지요…. 그런데 여기는 전공을 살려서 일할 데가 없더군요…. 먹고살 길은 없고 그래서 이곳에 취직을 한 것이죠….”

“아, 그러셨군요! 그런데 월급은 많이 받으세요?”

“아니요.” 그가 대답했다네. “많지 않아요. 밤에는 부업으로 과수원 경비를 하고 있습니다. 그쪽이 월급도 많고 일도 쉽지요. 여기는 조용하죠. 그런데 글쎄 어제 어떤 불한당들이 달려들어 부메랑을 빼앗아 가 버렸어요. 오늘은 무엇을 가지고 근무를 할지 모르겠더군요. 그래서 생각했죠. ‘좋다, 그럼 대학생 때부터 갖고 있던 골프채가 있으니 그걸 갖고 해 보자.’ 하고요. 괜찮더군요. 사람들이 알아채질 못하니….”

그랬다네. 그런 뒤 우리는 헤어졌지. 곧바로 오스트레일리아를 떠날 수도 있었지만 내게는 책임감이 있었다네. 말하자면 무기를 파푸아 사람들 추장에게 되돌려주고 쿠사키 대장은 어떻게 됐는지 알아봐야 한다는 거였지.

우리는 원정을 가듯이 장비를 꾸린 뒤 요트는 항구 직원들 손에 맡겨 두고 셋이서 출발했다네.

우리는 최근에 생긴 자국을 따라가며 하나하나 살피면서 깊숙이 들어갔지. 이곳은 내가 캥거루를 뒤쫓던 곳이고, 여기는 시냇가, 여기는 부메랑이 있던 자리, 여기는 쿠사키가 있던 곳…. 이런 식으로 말일세. 그런데 부메랑도, 쿠사키도 없는 거야.

내가 마지막으로 '골프채'를 버린 곳도 가 보았지. 그런데 거기도 아무것도 없더군. 소가 혀로 핥듯이 깨끗이 말이야.

그렇게 우리는 여기저기 돌아다니며 사방을 모두 찾아봤다네. 결과는 마찬가지더군. 길만 잃어버렸다네. 바다에서는 방향을 잘 찾는 나였지만 뭍에서는 헤매기만 하더군. 사방이 사막이다 보니 방향을 가늠할 표지가 없는 거야. 게다가 날은 덥고 배는 고프고…. 푹스와 롬은 구시렁댔지만 나는 참았어. 어찌 됐든 상황이 그러니 어쩌겠나. 그랬다네.

삼 주일쯤 우리는 그렇게 돌아다녔지. 나중엔 지쳐서 살이 빠지더군. 괜한 일을 벌였다는 생각도 들었지만 이제는 어쩔 수도 없었다네…. 그러던 어느 날 우리는 야영을 하면서 누워 쉬고 있었다네. 어찌나 더운지 꼭 한증막 같았지. 모두 더위에 지쳐서 잠이 들었다네.

내가 얼마나 잤는지는 모르겠지만 잠결에 시끄럽게 떠들고 다투면서 소리 지르는 게 들리더군. 잠이 깨어 눈을 비비고 보니 푹스는 나무 밑에서 갓난아기처럼 곤히 자고 있는데 롬이 없는 거야. 주변을 돌아봐도 없더군. 그래서 쌍안경을 들고 지평선을 둘러보니 수석 조수 롬이 화톳불 옆에 앉아 있는 모습이 보이고 야만인들이, 그 모습으로 보아서는, 롬을 잡아먹으려고 하는 것 같았다네….

어쩐다지? 나는 바로 두 손을 모아서 목청껏 소리쳤어.

"내 조수 잡아먹는 것 중단!"

소리를 지르고는 기다렸지.

그랬더니 말일세, 자네는 믿어지나. 메아리처럼 대답하는 소리가 들리는 거야.

"당신 조수 잡아먹는 것 중단. 실시!"

보니까 정말로 중단했더군. 화톳불을 끄고 일어서더니 모두 우리 있는 쪽으로 오는 거야.

그래서 만나 얘기를 나눠 본 뒤 오해가 풀렸지. 그 사람들은 북쪽 해안 파푸아 사람들이더군. 마을이 거기서 멀지 않은 바닷가에 있었는데 롬을 잡아먹으려 했던 게 전혀 아니었다는 거야. 정반대로 우리에게 대접을 해 주려고 하고 있었는데 롬이 우리 야영장에서 좀 떨어진 곳에서 화톳불을 피우라고 했다는군. 우리가 잠을 설칠까봐 말이야. 그랬지.

우리는 원기를 되찾았다네.

그 사람들이 묻더군. 어디서 와서, 어디로 가는 중이며, 무슨 목적으로 왔는지 말이야.

우리는 이 나라를 여행하러 왔으며 지금은 골동품인 무기를 찾고 있다고 내가 말했다네.

"아," 그 사람들이 말하더군. "그럼 잘 만났군요. 우리 부족한테서 그런 잡동사니는 볼 수 없지요. 그런 물건은 오래전에 아메리카로 다 보내 버리고 우리는 총으로 바꾸었습니다. 그런데 얼마 전 우연하게 부메랑이 몇 개 생겼습니다…."

우리는 마을로 갔다네. 그 사람들이 부메랑을 가져오더군. 그것을 보자 나는 우리가 쓰던 골프채라는 걸 알아챘다네.

"이걸 어디서 얻으셨습니까?" 내가 물었지.

"이건," 그들이 대답했다네. "다른 나라 사는 어떤 흑인이 가져온 겁니다. 그 사람은 현재 우리 족장의 군사 참모가 되었죠. 그런데 지금은 족장하고 어디 갔어요. 이웃 마을에 가서 전투 계획을 상의하고 있지요."

그 말을 듣고 싸움을 좋아하는 그 대장이 이곳에 숨어들었다는 걸 알았다네. 보니까 여길 빨리 떠야겠더군.

"저기요," 내가 물었어. "여기서 시드니나 멜버른으로 가는 지름길이 어디죠? 아니면 아무 데라도 가는 방법 좀…"

"여기는," 그 사람들이 대답했지. "바다로 가는 길밖에 없습니다. 육지로 가려면 힘들고 길도 잃어버리죠. 원하신다면 통나무배를 이용하는 방법이 있지요. 여기는 바람이 좋아서 이틀이면 가실 수 있을 겁니다."

나는 배로 가는 방법을 택하기로 하였네. 그런데 배 모양이 이상하더군. 돛은 부대 자루 같고, 돛대는 뿔 같고, 양옆으로는 벤치 같은 게 있었다네. 시원한 바람이 불 때 보트를 타기는 그렇더라도 이 벤치는 그만이겠더군. 돛단배라면 신참내기가 아닌 나였지만, 솔직히 말해, 그런 배는 한 번도 타 본 적이 없었다네. 하지만 어쩌겠나. 생각해 보니 그걸 몰고 가는 거 말고 방법이 없더군.

부메랑을 싣고, 가다가 먹을 식량도 싣고, 선원들 자리를 배정했지. 키는 내가 잡기로 하고, 바닥짐 대신에 두 사람을 벤치에 앉혔다네. 돛

멜버른

오스트레일리아의 빅토리아 주에 있는 항구 도시로 금융, 산업의 중심지이다.

을 올리고 출발을 했지.

우리가 막 출발을 하고서 뒤를 보니까 배들이 함대처럼 우리를 쫓아오더군. 그 앞에는 커다란 통나무배가 있는데 이물에 우리의 유랑 기사가 타고 있더군. 쿠사키 대장이 파푸아 족장의 복장을 하고 있었다네.

보니까 우리를 추월하겠는 거야. 그랬다가는 좋을 것 같지 않더군. 파푸아 사람들만 있다면 협상이라도 하겠는데 말이야. 어찌 됐든 오스트레일리아 사람들이고 문화적인 민족이니까… 그런데 이 쿠사키란 사람은… 도무지 알 수 없는 사람이었거든. 잘못 걸려들었다가는 산 채로 잡아먹힐지도 몰랐으니까… 한마디로 말해, 아무래도 결전은 피할 수 없겠더군.

상황을 가늠해 보고 판단을 해 보았다네. 전투를 하고 피를 흘린다? 그럴 필요가 뭐 있겠나. 차라리 쓴맛을 좀 보여 주기로 했지. 그런 미친 군인에게는 몽둥이가 제일이거든. 강한 바람이 옆에서 불고 있었네. 저쪽 편은 모두 벤치에 올라앉아 있었고. 상황은 아주 유리했어. 노를 더 길게 해서 빠르게 휘두르기만 하면 되었거든….

우리는 이 분만에 배를 재정비하고 방향을 돌려 전속력으로 돌진했다네. 거꾸로 말일세. 점점 가까이, 가까이 다가갔지. 나는 왼쪽으로 약간 키를 틀어서 빗자루로 쓸듯이 대장 배부터 차례대로 하나하나 쓸어내렸다네. 그러고 나서 보니까 주변은 바다가 아니라 마치 고기 수

프처럼 되었지. 파푸아 사람들은 수영을 하면서 물장구도 치고 웃는 것이 물놀이에 정신이 팔려서 올라올 생각을 안 하더군.

쿠사키 혼자서만 안달복달이었다네. 통나무배 위로 기어올라 소리 치고 성을 내고 야단이더군…. 나는 그에게 수신호를 보내 〈시원하시 겠습니다.〉 하고 말하고 돛을 활짝 펼쳐 다시 시드니로 출발했다네.

시드니로 돌아와 부메랑을 주인에게 돌려주고 골프 파트너와 작별 인사를 한 뒤 출항 깃발을 올렸다네.

배웅하는 사람들도 물론 있었어. 여행할 때 먹을 과일이며 빵을 가져 왔더군. 나는 감사의 뜻을 전한 뒤 밧줄을 풀고 돛을 올려 출발했다네.

17장
롬이 다시 배를 떠나게 된 이야기

이번 항해는 순조롭지 않았다네. 뉴기니를 지나자마자 엄청난 세력의 태풍이 우리를 덮쳤어. 〈베다〉호는 갈매기처럼 파도 위에서 출렁였지. 위로 솟는가 싶으면 다시 가라앉고, 그러다가 다시 솟아올랐어. 물마루가 갑판 위로 떨어지고 밧줄은 윙윙 신음 소리를 냈다네. 그게 바로 태풍이었던 거야!

그런데 갑자기 요트가 제자리에서 팽이처럼 돌더니 잠시 후 바람이 완전히 멎더군. 태풍의 교활함을 모르는 롬과 푹스는 안도의 숨

뉴기니

오스트레일리아 북쪽, 아라푸라 해와 토러스 해협 사이에 길게 놓여 있는 섬

을 내쉬었지. 하지만 나는 사태를 깨달았지. 솔직히 커다란 혼란에 빠지고 말았다네. 태풍의 눈에 들어갔던 것일세. 좋은 결과는 기대할 수 없었지.

마침내 일이 벌어지고야 말았다네. 잠시 잦아들었던 바람이 다시 수천의 악귀처럼 휘파람 소리를 내기 시작하자 돛은 무서운 소리를 내며 찢어지고, 돛대는 낚싯줄처럼 휘어졌다가 뚝 하고 부러졌어. 기둥이 밧줄과 함께 배 밖으로 날아가 버렸지.

우리는 만신창이처럼 되었다네.

성난 바다가 조금 가라앉자 나는 갑판에 나가 주위를 살펴보았네. 너무나 부서져서 손쓸 방도가 없더군. 여분으로 준비한 돛이나 밧줄이 짐칸에 있긴 했지만 돛대가 없는데 돛이 무슨 소용이 있겠나. 그런 상황에서 바닷길 저 멀리서 우리를 기다리는 건 무서운 운명이었네. 우리는 몇 년이고 바다 가운데서 표류를 할지도 몰랐다네. 우울한 전망이었지.

죽음의 그림자기 서시히 우리를 소여 오고 있었네. 그런 상황에 닥치면 늘 그렇듯이 나는 지나온 삶이며 아름다운 어린 시절을 회상하였다네.

그런데 바로 이 회상이 나에게 구원의 실마리를 주었던 거야.

어릴 적에 나는 연을 만들어 날리기를 좋아했다네. 그 멋진 일을 떠올리자 다시 기운이 나더군. 그래 연이다! 종이 연, 이게 우리를 구원해 줄 거다!

이별 선물을 담았던 바구니로는 살을 만들었네. 그런 뒤 풀을 쑤고 종이란 종이는 모두 긁어모았지. 신문이며 책이며 통신문을 모두 모아서 붙이기 시작했어. 허풍이 아니라 연은 멋들어지게 만들어졌다네. 내가 누군가, 이런 일엔 선수 아니겠나. 풀이 다 마르자 우리는 밧줄을 길게 늘여서 바람을 기다리다가 연을 띄웠다네….

연줄이 팽팽해지자 요트가 움직이기 시작하고 다시 키가 제대로 작동을 하더군.

나는 지도를 펴 놓고 배를 수리하러 어디로 갈 건지 장소를 고르고 있었네. 돌연 이상한 소리가 들리더군. 갑판에서 뭔가가 우지직 소리를 내는 거야. 불안한 마음으로 갑판에 올라가 봤더니 무서운 광경이 눈에 들어오더군. 양묘기에 매단 연줄이 거의 닳아서 끊어질락말락 간신히 버티고 있는 거야.

"전원 집합! 모두 갑판 위로!" 내가 명령했다네.

롬과 푹스가 갑판 위로 뛰어올라왔어. 서서 내가 내릴 조치를 기다리고 있었지.

하지만 조치를 내리기는 쉽지 않았어. 매듭을 풀어야 하는데 바람은 세고 줄은 기타 줄같이 팽팽했으니까. 기타 줄이란 건 너무 당기면 끊어지지 않는가 말일세.

나는 '이제 끝이구나.' 하고 생각했다네. 그때 롬이 자신의 괴력을 쓸 곳을 찾았다네. 그가 한 손으로는 밧줄을 잡고 다른 한 손으로 갑판의 고리를 잡았네. 근육을 써서 밧줄을 꼼짝 못하게 제압했던 거야….

"꽉 잡아. 절대 놓치 마라!" 그렇게 명령하고 나는 매듭을 감기 시작했네.

그런데 별안간 돌풍이 뜻밖에도 뒤에서 불더군. 연이 갑자기 날리며 이랑에서 당근 뽑히듯이 고리가 뽑혀 버린 거야. 롬은 〈꽉 잡는다. 실시!〉라는 말을 내지를 겨를도 없이 하늘로 날아올랐다네.

놀라서 멍해진 나와 푹스는 멀뚱히 바라만 보았다네. 롬은 이미 보이지도 않았지. 구름 속에 검은 점 하나가 보일락말락 하다가 우리의 용감한 동료는 바다 한가운데 우리를 놔두고 떠나간 것이라네….

마침내 나는 정신을 차리고 나침반을 본 뒤 방향을 확인하고 눈대중으로 날씨를 재 보았다네. 그 결과는 그다지 좋지 않았어. 바람은 풍력 6에 시속 이십오 해리의 속력으로 내 수석 조수를 일본 해안 쪽으로 데려갔던 것일세. 돛도 잃어버리고 방향 조정도 할 수 없게 된 우리는 다시 의지가지없이 파도를 따라 출렁거려야 했다네.

나는 낙심을 하여 슬픈 나머지 잠을 자러 갔지. 잠시 선잠이 들었는가 싶었는데 소리가 들리더군. 푹스가 나를 깨우는 소리였네. 눈을 비

비고 일어났더니 산호섬이 오른쪽에 보이더군. 야자나무, 석호 등 모든 게 예상대로 다 있었네…. 말하자면 여기에 배를 대고 돛을 만들어 달 수도 있다는 얘기였지. 한마디로 운명의 여신은 우리에게 미소를 짓고 있었던 거야. 아, 그런데 이 미소는 나중에 보니 속임수였다네.

바람이 천천히 우리를 몰아가자 우리는 섬과 어깨를 나란히 하게 되었어. 팔을 뻗치면 닿을 것 같았지…. 그런데 말이 그렇지, 그렇게 되려면 팔 길이가 사백 미터는 되어야 했던 거야…. 그냥 지나쳐 버릴 것은 빤한 이치였지.

다른 사람 같았으면 갈팡질팡했겠지만 나는 그러지 않았네. 바다에서 쌓은 경험으로 이런 경우에는 닻에 줄을 걸어 해안에 던져야 한다는 걸 알고 있었지. 물론 팔로는 던질 수 없었어. 대포나 로켓이 필요했지. 나는 선실로 달려가 그런 물건을 찾아보았지만 찾을 수가 없었다네. 출발할 때 가져오지 않았던 거지. 손에 넥타이니 멜빵이니 온갖 자질구레한 것들이 잡히더군…. 이런 걸로는 대포를 만들 수가 없었지.

하지만 잠시 과거로 생각을 놀려 보니 어떻게 해야 할지 계획이 떠오르더군.

내가 어릴 적에 착한 아이였다고는 얘기할 수 없네. 오히려 보통 생각하는 관점에서 보면 건달까지는 아니었지만 개구쟁이였던 거야. 이

 석호

모래부리, 모래톱 따위가 만의 입구를 막아 바다와 분리되어 생긴 호수

89

건 솔직한 말일세. 그래서 새총 같은 장난감은 내 주머니에 늘 있었던 거야···. 그랬지.

이 일을 떠올리자 나에게는 생각이 떠올랐다네. 멜빵으로는 물론 대포를 만들 수 없지만 새총이야 어찌 못 만들겠는가 하는 생각 말일세. 그래서 나는 팽팽한 고무 멜빵 여섯 개를 가지고 갑판 위에 커다란 새총을 만들었다네.

그 다음은 짐작할 만할 거야. 거기에 크지 않은 닻을 장전하고 도르래 줄에 매어서 푹스와 함께 팽팽하게 잡아당겼다네. 내가 명령했어.

"준비, 발사!"

우리가 도르래 줄을 끊자 닻은 가늘지만 튼튼한 밧줄을 달고서 날아오르더군. 보니까 성공이었네! 닻이 걸렸던 것일세.

삼십 분 후 우리는 해변에 이미 올라가 있었다네. 우리의 도끼가 번득이며 원시림의 정적을 깨뜨리고 있었지.

물론 둘이 하려니 힘이 들긴 하더군. 하지만 우리는 해냈던 거야. 그것도 아주 훌륭하게 말이야.

태풍이 우리 배를 어찌나 만신창이로 만들었던지 뱃전의 틈도 막고 요트 전체에 수지도 다시 발라야 했다네. 그리고 무엇보다 중요한 일은 새로운 돛대를 세우고 밧줄을 묶는 것이었지. 고생은 꽤나 했지만 결과는 좋았다네. 우리 돛대가 훌륭하게 만들어진 거야. 키가 그리 크지 않은 쭉 뻗은 야자나무 하나를 골라 뿌리째로 배에 옮겨 심었어. 위는 밧줄로 고정하고, 아래는 바닥짐 대신 흙을 싣고 다져서 물을 주었던 거야. 우리 돛대가 된 것이지.

그런 다음 돛을 만들어 올리고서 출발을 했다네.

그런 장비를 갖춘 배를 조종하는 일은 처음이라 조금 서툴렀지만 그 대신에 편리한 점은 있더군. 머리 위에서는 잎사귀가 살랑대며 초록색이 눈의 피로감을 덜어 주었지…. 열매가 익으면 그것도 기분 좋은 일이었다네. 당번을 서다가 덥고 갈증이 날 때 돛대를 타고 조금 올라가면 시원한 즙이 가득한 싱싱한 야자열매가 손에 잡히는 거야. 이건 요트가 아니라 떠다니는 바다 농장이라 할 만했다네….

그랬지. 우리는 그렇게 과일 요법으로 다이어트도 하면서 롬이 떨어졌음직한 곳으로 항로를 잡았다네. 하루가 가고 이틀이 갔어. 삼 일째 되는 날 우리 앞에 뭍이 보이더군. 쌍안경을 들고 보니 항구였어. 입항 표시가 있는 것을 보니 항구 도시였다네…. 들렀다 가는 것도 물론 어렵지 않았지만 나는 일부러 가지 않았어. 그 시절 그런 곳에서는 외국 사람을 그다지 친절하게 대접하지 않았다네. 더구나 나한테는 쿠사키 대장과 개인적으로 해결해야 할 문제가 있었으니까 말일세. 빌어먹을 쿠사키.

18장

〈베다〉호가 침몰하게 되는, 더욱이 이번에는
돌이킬 수도 없이 되어 버린 아주 슬픈 이야기

그래서 나는 우회를 했다네. 우리는 그렇게 나아갔지. 하루가 별
일 없이 지났어. 밤이 되니까 안개가 깔리더군. 안개가 얼마나 짙던지
한 치 앞도 안 보일 정도였다네. 사방에서는 깜빡이는 신호등이며 고
동소리, 사이렌 소리가 울리고 종치는 소리가 들렸지…. 소란스럽긴
했지만 즐겁더군. 하지만 그런 즐거운 기분도 오래가지 않았어. 보니
까 우리를 향해 쾌속선이 달려오더군. 자세히 보니 어뢰정이 전속력으
로 달려오는 것이었네. 나는 우현으로 방향을 틀었어. 보니까 어뢰정

도 우현으로 방향을 틀더군. 내가 다시 왼쪽으로 트니까 같이 왼쪽으로 트는 거야….

그러더니 '꽝' 하는 무서운 소리가 나면서 배가 갈라지고 물이 갑판으로 쏟아져 들어오더군. 〈베다〉호는 두 동강이 나서 천천히 소용돌이 속으로 가라앉기 시작했다네.

보니까 이제 끝장이더군!

"푹스," 내가 말했지. "구명대를 타고 곧장 서쪽으로 가게나. 여기서 멀지 않을 걸세."

"선장님은요?" 푹스가 묻더군.

"나는," 내가 말했지. "그럴 시간이 없네. 항해 일지에 기록도 해야 하고 배와 작별 인사도 나눠야지. 그리고 중요한 건 그쪽은 내가 갈 길이 아니라네…."

"브룬겔 선장님, 저도 그쪽으로 안 가요. 마음이 끌리지 않는 걸요."

"부질없는 짓일세, 푹스." 내가 반대를 했어. "거기로 가다 보면 해안도 나오고 아름다운 경치도 많이 볼 수 있을 거야. 후지 산도 있고…."

"아름다운 경치가 다 무슨 소용이에요!" 푹스가 손을 내젓더군. "거기 갔다가는 배가 고파서 뻗어 버릴 걸요. 일자리도 없을 거고, 제 이전 직업인 카드 놀음도 그 사람들한테는 전혀 통하지 않아요. 돌아다니다

어뢰정

어뢰를 주 공격 무기로 하는 해군 함정

후지 산

일본 시즈오카 현 북동부와 야마나시 현 남부에 걸쳐 있는 산. 휴화산으로 일본에서 가장 높은 산이다.

가 홀랑 다 뺏기고 동냥이나 하고 다닐 게 빤하죠. 차라리 선장님과 함께 있는 편이 낫지요."

푹스의 의리에 가슴이 너무 뭉클해서 힘이 솟더군. '그래,' 하고 나는 생각했지. '일찌감치 이별가나 부르자!' 나는 배가 망가진 정도를 살펴보고 도끼를 들었다네.

"전원 집합!" 내가 명령했지. "모두 갑판으로! 줄을 끊고 돛대를 자른다, 실시!"

푹스가 "네 알겠습니다." 하고 대답을 하더군. 푹스가 보여 주는 열정에 나는 그저 놀랄 따름이었다네. 〈만들기는 어려워도 부수기는 순식간이다〉는 말이 제격이었지.

우리가 살펴볼 틈도 없이 야자나무는 벌써 배 밖으로 떨어져 버렸더군. 푹스는 그리로 올라탔다네. 나는 그에게 값나갈 만한 것을 주었네. 그리고 구명대와 나침반이 든 나침함, 노 두 개, 물통, 옷가지 몇 벌을 던져 주었지….

나는 아직 〈베다〉호 갑판 위에 있었어. 마지막 순간이 오고 있다는 걸 느꼈지. 고물이 솟아오르고 선체가 가라앉으며 물속으로 들어가고 있었거든….

나침함

비너클(binnacle). 자기 컴퍼스의 높이를 유지하기 위한 가대

내 눈에서 눈물이 흐르더군…. 나는 도끼를 들고 동판 글자가 붙어 있는 부분을 직접

잘라 냈다네….

그런 다음 물로 뛰어들어 푹스가 있던 야자나무로 갔지. 야자나무에 올라타서는 많은 고난을 함께 한 우리 배의 조각들을 바다가 집어삼키는 모습을 지켜보았다네.

푹스도 지켜보더군. 그의 눈에도 눈물이 글썽거렸다네.

"괜찮네." 내가 말했지. "상심하지 말게나. 자네와 나는 아직 항해를 더 해야 하네. 저런 일이야 한두 번뿐이겠나…."

물결이 배 위로 감겨드는 모습을 잠시 지켜보다 우리는 타고 있는 야자나무를 고치기 시작했다네. 고쳐 놓고 보니 그래도 쓸 만하더군.

물론 요트를 타다가 그걸 타니 조금 불편하긴 하였어. 하지만 그래도 필요한 건 다 갖추었다네. 나침반을 설치하고 낡은 옷으로 돛을 만들고, 구명대는 나뭇가지에 걸어 놓았네. 고물 쪽 판자는 책상 대용으로 이용하기로 했지.

전체적으로 모두가 훌륭했네. 발이 축축하긴 하였지만 말이네.

그러던 어느 날 보니까 뒤쪽에서 연기가 보이더군. 나는 또 어뢰정이구나 생각했다네. 하지만 그것은 그냥 상선이었네. 영국기를 단 유람선이었지. 도움을 요청하고 싶은 마음은 없었네. 어떻게 해서든 혼자 힘으로 세계 일주를 하겠다고 생각했던 거야. 하지만 상황은 다르게 전개되었다네.

배를 발견하자 나는 즉시 필기도구를 꺼내 항해 일지에 기록을 하였지. 그 기선의 선장도 우리를 발견하고 망원경으로 보고서 우리 배(우리가 타고 있던 것을 배라고 부를 수 있다면 말일세.)가 그다지 좋은 상태가 아니라는 걸 알았어.

하지만 도와주러 가야 할지 말아야 할지 선장은 망설였던 거야. 우리가 조난 신호를 보내지도 않았고 우리 모습이 그다지 위태로워 보이지도 않았기 때문이지….

그런데 기선 선장이 뜻밖에 결심을 바꾸게 되는 사정이 생겨나고 말았다네.

나는 그때 막 기록을 끝마치고 임시 책상을 세워 놓았어. 그러자 동판 글자가 빛을 내었지. 선장이 〈베다(불행)〉란 글자를 보고는 이걸 구조 요청 신호나 조난 신호 같은 걸로 착각했던 걸세. 그래서 우리 쪽으로 배를 돌리고 삼십 분 후에는 우리를 기선 위로 끌어 올렸다네. 나와 선장은 술을 한 잔 하면서 우스운 이 사건을 애기하였지….

그랬지. 내가 선장에게 야자나무를 선물하자 그는 이 나무를 식당 칸에 세워 놓으라고 명령을 하더군. 노와 나침반도 주었다네. 다만 구명대와 동판 글자는 간직해 두었네. 말하자면 기념품으로 말일세.

우리는 잠시 앉아서 애기를 나눴지. 선장은 목재를 구하러 캐나다로 가는 길이라고 하더군. 그리고 최근 소식 애기를 나누고 그가 자리를 떠났지. 나는 앉아서 최근 소식을 읽었다네.

앉아서 신문을 넘기고 있었어. 그런데 신문마다 이게 무슨 기사람! 신문에 실린 건 대부분 광고, 우스갯소리, 거짓 소문, 유언비어, 날조였다네…. 그런데 신문지 한쪽 전체가 꽉 차도록 〈하늘에서 공습… 범인 도망!〉이라는 제목의 기사가 있는 거야.

나는 흥미가 일었지. 기사를 읽어 보니 알겠더군. 그 소동은 롬 때문에 일어난 것이었다네. 알고 보니 그는 연을 타고 후지 산 옆에 내렸더군. 거기에 사람들이 몰려들어 연을 찢고는 기념품을 삼으려고 나눠 가졌던 거야.

우리가 연을 만들 때 신문지도 이용했었는데, 경찰이 이것을 붙들고 늘어졌다네. 금지된 문서를 불법으로 들여왔다는 죄목으로 롬을 고발했던 거지. 일이 어떻게 끝났는지는 모르겠지만, 신문을 보니 다행히 하늘이 먹구름으로 덮이고 지하에서 굉음이 울렸다는군…. 사람들이 공포에 사로잡혀 사방으로 튀었다는 거야.

후지 산 언덕에는 내 수석 조수 롬과 경찰만 남았다는군.

서서 서로 상대를 바라보고 있었다는 거야. 그때 그들의 발밑에서 땅이 흔들렸다는군…. 물론 이것은 우리 지구의 지표면에서 생기는 흔치 않은 현상이라네. 그리고 이 현상이 많은 사람들에게 갖가지 공포심을 불러일으키는 것이지. 하지만 롬이 어떤 사람인가. 한평생을 배

위에서 지냈으니 흔들리는 것에는 익숙해 있었지…. 자연재해의 위력을 가늠할 수 없었던 롬이 느긋하게 산으로 올랐다는군. 그때, 말하자면, 〈땅이 열리고〉 도망자와 추격자들 사이에 커다란 틈새가 벌어졌다는 거야. 그 뒤 모든 것이 그을음 덩어리와 어둠으로 뒤덮였다더군.

경찰이 롬의 자취를 잃어버리고 찾고 있다는 것이었지. 하지만 허사였다고 쓰여 있더군.

19장
마지막에 롬이 난데없이 나타난 이야기, 그리고 자기 노래를 부른 이야기

본래 이 얘기는 모두 신문에서 얻은 거였네. 하지만 낙심을 하기엔 그걸로도 충분했지. 일이 안 풀리느라고 그런 일까지 생기다니! 배는 잃어버리고, 너구나 동료이자 조수인 롬은 그런 사건에 얽혀 들었으니 말일세. 요트라도 있었으면 까짓 쿠사키쯤 간단히 해치우고 롬을 구하러 갔을 텐데… 이제는 예정된 항구에 도착할 때까지 기다려야 한다니. 우리는 어떻게든 거기서 벗어나야 했다네. 하지만 나와 푹스의 돈지갑은 얄팍하고 기선은 느릿하게 가고 있었지.

내가 선장에게 가서 말했어.

"저기," 내가 말했지. "속도를 올리면 안 되겠습니까?"

"저도 그러고 싶지만," 선장이 대답했다네. "이 배에 불 때는 화부가 적어서 그럴 수가 없군요. 겨우 속도를 유지할 정도입니다."

나는 잠시 생각하고 푹스와 의논을 했다네. 그리고 하루 더 쉰 뒤 화부로 취직을 했지. 봉급은 물론 얼마 안 됐지만 첫째로, 식사비를 내지 않아도 되었고, 그리고 둘째로, 일을 하고 있으면 그다지 따분하지도 않고, 더군다나 기선이 더 빠르게 가게 된다는 것이었지….

우리가 당번 차례가 되었다네.

작업복은 주지 않더군. 우리한테는 입고 있는 것밖에 없었어. 그래서 옷을 아끼려고 다 벗어 버리고 속옷만 입었지. 그러니 훨씬 좋더군. 화실은 더웠으니 말일세.

그런데 문제는 신발이었어. 발밑에 석탄과 뜨거운 석탄 부스러기가 있어서 신발을 벗자니 뜨겁고, 신고 있자니 남은 신발마저 망가질까봐 아까웠지.

하지만 우리는 허둥대지 않았다네. 양동이 네 개를 가져 와서 거기에 물을 부었더니 정말 훌륭하더군! 그 양동이를 덧신처럼 신고 있으면 석탄 부스러기가 떨어져도 칙 하고는 꺼져 버렸던 거야.

나한테 불 때는 일은 쉬웠네. 처음이 아니었으니까. 그런데 푹스는 영 서툴더군. 화로에 석탄을 한가득 밀어 넣고 석탄이 겉만 탔는데도 삽으로 다시 퍼붓는 거야.

"이보게," 내가 말했어. "이런 데서 삽으로 퍼부으면 어떻게 하나? 여기선 조금씩 넣으면서 불을 때야 한다네. 롬(쇠꼬챙이)은 어딨나?"

그러자 믿을 수 없게도 등 뒤에서 누가 아득하게 대답하는 소리가 들리는 거야.

"롬 여기 대령했습니다!"

뒤를 돌아보니 석탄 더미에서 수석 조수 롬이 기어 나오는 거야. 야위고 시커멓고 면도를 안 한 얼굴이었지만 롬의 모습이더군. 나는 너무 뜻밖이라 그만 주저앉고 말았어!

우리는 서로 얼싸안고 키스를 퍼부었다네. 푹스는 눈물까지 흘리더군. 셋이서 화실을 치우고 앉았다네. 롬이 자기가 겪은 불행한 일을 얘기했지.

신문에서 그에 관해 쓴 얘기는 습격이나 음모 얘기 말고는 모두 사실이더군. 습격은 무슨 습격이었겠나. 바람에 그냥 날려간 것을 말이야. 지진이 멈추자 그는 시내로 내려왔다더군. 걸어가면서도 조심조심 사방을 살펴보았대. 그런데 어디를 봐도 경찰이고, 어디를 가도 스파이가 따라붙었다는군….

아마 그가 침착성을 잃지 않았다면 알아채지 못하게 빠져나올 수도

있었을 거야. 하지만 너무나 많은 정신적 충격도 겪고 겁이 난 나머지 발걸음을 빨리한다는 게 자신도 모르게 달음박질을 했다더군.

달리다가 뒤를 돌아보았대. 그랬더니 스파이, 헌병, 경찰, 꼬맹이들, 강아지들, 인력거꾼, 자동차 등등이 막 뒤를 따라오더라는 거야…. 고함지르고 와자지껄 떠들고 발걸음 소리를 내면서 말이야….

이제 어디로 간다지? 그는 아래로 달렸대. 바다 쪽으로. 석탄 쌓아 놓은 곳으로 몰래 들어가 석탄 속으로 파고 들어가 숨었다더군. 그때 마침 우리가 탄 기선이 짐을 싣는 순서였다지. 짐은 가공 삭도로 나르는데, 쇠로 만든 큰 통으로 담을 수 있는 만큼 퍼 담아서 기선에다가 곧장 쏟아 붓는다는군.

롬도 석탄과 함께 통 안에 담겼대. 그가 막 정신을 차리고 통에서 뛰어내릴까 생각하고 있는데 통이 위로 올라가더니 움직이더라는 거야. 잠시 후 통이 뒤집어지며 롬은 미처 아 소리 한 번 지르지도 못 하고 석탄 창고에 쿵! 하고 떨어졌다는군.

팔하고 나리를 만져 보니 모두 온전하더래. 갈 데도 없겠다, 숨도 쉴 만하겠다…. 그래서 어쩔 수 없는 상황을 이용해 실컷 잠이나 자 두자고 결심을 하였다는군.

그래서 석탄 속으로 기어 들어가 잠이 들었다는 거야. 내 호령을 들을 때까지 잠을 자고

🐙 **가공 삭도**

공중에 설치한 강철 선에 운반차를 매달아 사람이나 물건을 나르는 장치

있었던 거지.

그랬다네. 결과는 모두 좋은 쪽으로 되었던 것일세. 〈베다〉호의 승무원들이 다시 모여 고향으로 돌아갈 계획을 세우기 시작했다네. 우리가 맡고 있던 일도 끝나가고 있던 참이라 나는 잠시 생각을 했다네. 나와 푹스는 조난자로서 정당하게 배를 탄 것이지만 롬은 첫째로, 〈무임승차〉였고, 둘째는 탈주범과 비슷한 처지였던 거야. 기선 선장이 어떤 사람인지 누가 알겠나? 아직은 우리에게 잘해 주고 또 좋은 사람이긴 하지만, 그가 이런 이야기를 아는 날에는 롬을 그들에게 넘겨줄 거고, 그렇게 되면 다시 그를 구해내야 한다는 얘기였지. 그래서 나는 이렇게 권했다네.

"이리 앉아보게." 내가 말했지. "자네는 그렇게 지내는 데 익숙해져 있네. 식사는 우리가 가져다주면 될 거고, 일은 같이 하면 되겠지. 그렇게 되면 한결 쉬워질 걸세. 힘을 삼십 퍼센트나 절약하는 셈이지. 그러면 위험도 덜할 걸세."

롬은 두말없이 찬성하더군.

"하지만," 그가 말했어. "좀 심심할 거 같은데요. 어두운데다가 잠은 실컷 자 놔서요. 무얼 하고 지내야 할지 모르겠는걸요."

"그래." 내가 말했지. "그건 생각 좀 해야겠군. 어두운 데서 시를 짓는 건 어떨까. 아니면 숫자를 백만까지 세든지. 잠이 안 올 때는 아주 도움이 되지…"

"노래를 불러도 될까요, 선장님?" 그가 묻
더군.

 실론

'스리랑카'의 옛 이름

"자네가 그렇게 말하니 내가 무슨 말을 하겠나?" 내가 말했다네. "그
다지 권하고 싶은 마음은 없지만 자네가 그러고 싶다면 불러야지 어쩌
겠나. 다만 혼잣말로 불러야 하네."

그랬다네. 우리 근무가 끝나고 교대 시간이 되었지. 롬은 다시 석탄
창고로 기어들어가고, 나와 푹스는 갑판으로 올라갔어. 그런데 갑자기
화부들이 뜨거운 물에 덴 사람처럼 기어 나오더군.

내가 물었다네.

"무슨 일입니까?"

"저기," 그들이 대답했어. "석탄 창고에 귀신이 들었어요. 사이렌처
럼 시끄럽게 떠드는데 알아듣지 못할 소리를 지르고 있어요."

나는 금방 알아챘지.

"삼깐 계세요." 내가 말했지. "제가 내려가서 무슨 일인지 알아보고
말씀드리죠."

내려가니 소리가 들리는데 이건 정말 끔찍하더군. 가락도 다소 흐릿
하고, 가사도 그다지 어울리지 않았어. 더구나 그 목소리, 목소리라
니…. 자네에게 어떻게 말해 주어야 할지 모르겠군. 나는 이전에 실론

에서 코끼리들이 소리 지르는 걸 들은 적이 있었네. 이 목소리에 비하면 그건 천상의 노래였던 거야.

귀를 기울여 들어 보고서 이건 롬이 부르는 노래란 걸 알았지. 석탄 창고로 기어 들어가서 조심하지 않은 걸 혼내 줄까 하는 마음도 있었다네. 그런데 기어가면서 잘못은 나한테 있었다는 생각이 들더군. 또 다시 지시를 정확하게 내리지 않았던 거야. 롬과 나의 오해는 항상 여기서 비롯되었지.

기어가는데 이런 노래가 들리더군.

> 나는 전함 〈베다〉호의
> 수석 조수라네.
> 우리 배를 삼켜 버렸어,
> 바닷물이.
> 지금 나는
> 낯선 배
> 딱딱한 석탄 위에
> 죄수처럼 앉아 있다네….

할 말이 없더군. 정말로 롬은 혼잣말로 노래를 부르고 있었어. 가사도 모두 맞는 얘기였지…. 하지만 전함 얘기만은 물론 조금은 과장이었다네. 우리 배가 무슨 전함인가 말이야! 그렇지만 이건 일종의 수사법이라 할 수 있지. 노래에서는 허용이 되는 일이네. 물론 보고할 때나

통신할 때, 짐을 싣고 내릴 때 부정확한 것은 적절치 못한 일이지만 노래에서야 안 될 이유가 어디 있겠나? 대전함이라고 노래를 불렀더라도 안 될 게 없지. 아마 더 위풍당당하게 들렸을 것일세.

하지만 나는 롬의 노래를 중단시켰네.

"여보게," 내가 말했어. "자네는 내 말을 이해하지 못했군. 우리 이야기를 노래로 부른 건 잘한 일이야. 다만 아무도 듣지 못하게 했어야지. 안 그러면 좋지 않은 일이 생긴단 말일세."

그가 입을 다물고 있다가 수긍을 하더군.

"맞습니다." 그가 말했지. "선장님이 허락하셔서 생각도 안 해 보고 그랬습니다. 다시는 노래하지 않겠습니다. 숫자를 세는 게 더 낫겠습니다…"

나는 기어 나와서 화부들의 마음을 가라앉혔다네. 그 일은 아궁이에서 불이 타면서 내는 소리였다고 설명을 해 주었지.

배의 기사도 내 말에 맞장구치더군.

"그런 현상은" 그가 말했지. "있을 수 있는 일이죠."

20장

롬과 푹스가 물건을 사면서 주의를 하지 않은 이야기,
그리고 브룬겔 선장이 사칙 연산 법칙을 몸소 체험한 이야기

그리하여 우리는 마침내 캐나다에 도착했다네. 나와 푹스는 가서
선장과 작별 인사를 하였고, 롬은 한밤에 밀수꾼처럼 해안으로 건너갔
다네. 우리는 조용하고 작은 술집에 앉아 상황을 논의하고 어떻게 집
으로 돌아갈지 궁리를 하였지. 가는 길은 어렵지 않았어. 캐나다에서
알래스카로 간 다음, 알래스카에서 베링 해협을 거쳐 추크치로 간다는
계획이었지. 추크치는 고향 땅이니 그 다음부터는 아무래도 좋았어….
　　우리는 그렇게 하기로 결정했지.

그러자면 이동 수단을 잠시 생각해야 했다네. 겨울이라서 강은 얼어붙고 주위는 눈인데다가 기차도 없고 자동차도 갈 수 없었기 때문이었지. 기선으로 가려면 봄까지 기다려야 했고….

우리는 의견을 주고받은 뒤 썰매를 구해서 거기에 순록이나 개를 매달기로 했다네. 각자 일을 맡아 헤어졌지.

나는 썰매를 사러 갔고, 롬은 순록을, 푹스는 개를 구하러 떠났어.

나는 마침 튼튼하고 편안한 아주 멋진 썰매를 구했다네. 롬은 성과가 조금 좋지 못했다네. 살이 중간 정도인 얼룩빼기 순록을 데려왔던 거야. 전문가들이 그걸 이리저리 살펴보고 감정을 하더니 이렇게 평가하더군. 뿔로 보아서는 일 등급 순록이지만 다리를 보아서는 평균 이하, 즉 발굽이 좁다는 것이었지.

우리는 한번 시험을 해 보기로 하였다네. 썰매를 달았더니 순록이 끌지를 않는 거야. 눈길에서는 그나마 간신히 끌더니 강이나 얼음 언 곳이 나오면 한 걸음도 내딛지를 못하더군. 다리가 마구 엇갈리는 거야.

보니까 편자를 박아야겠는데 편자가 없더군.

사칙 연산

덧셈, 뺄셈, 곱셈, 나눗셈을 응용하여 하는 셈

베링 해협

북아메리카 대륙의 알래스카와 유라시아 대륙의 시베리아 동쪽 끝 사이에 있는 해협. 가장 좁은 곳이 85km이다.

추크치

시베리아 북동부의 추코트 (Chukot) 반도를 중심으로 하는 지역. 이 지역에 사는 추크치 족은 바다 동물 사냥이나 순록 사육에 종사한다.

마침 고물에서 떼어 낸 판자가 쓸모가 있을 것 같았다네. 내가 그걸 가져온 게 괜한 일은 아니었던 셈이지. 우리는 거기서 동판 글자를 떼어 내서 나사못으로 순록의 발굽에 고정을 시켰어. 그렇게 하니 도움이 되긴 했지만 별로였어. 발을 움직이는 폭이 줄어들어 여전히 속도는 낼 수 없었던 걸세. 게으른 짐승을 만났던 거야!

그때 푹스가 자기가 산 개를 데려왔더군. 주둥이가 뾰족한 크지 않은 개였지. 혈통 증명서로는 맨 앞에서 마차를 끄는 상급 안내견이었다네. 우리는 이 개를, 전문 용어를 써서 말한다면, 〈항로 감시견〉으로 삼아서 썰매에 매달았지.

하지만 이것도 간단치가 않더군. 순록은 그래도 금방 처리를 했다네. 멍에 대신 구명대를 씌웠던 거지.(구명대도 쓸모가 있었지. 그래서 장비가 좋으면 만사가 잘 풀린다고 하지 않던가.) 그런데 개란 놈은 고분고분하지를 않고 대들며 이빨을 드러내더군. 저런 놈을 어떻게 매단단 말인가!

그래도 겨우겨우 길을 들였다네. 멍에를 씌우고 억지로 썰매에 매달고선 손을 놓았지….

그랬더니 구경거리 한 번 볼 만하더군! 순록은 발을 구르면서 뿔을 흔들고, 개는 으르렁대는데 이놈들이 아주 잽싸게 뒷걸음질을 치는 거야.

그렇게 뒷걸음질쳐서 가 볼까도 생각해보았지만 실험을 해 보려고

자리를 바꿔 보기로 했다네. 2×3이나 3×2처럼 곱하기는 순서를 바꾸어도 결과는 바뀌지 않는다고 하지만 여기서는 완전 딴판이었다네.

이렇게도 해 보고 저렇게도 바꿔 보았지.

자네 생각엔 어땠을 거 같은가? 마침내 우리의 순록이 편자를 번쩍이며 느릿하게 걸음을 떼어 놓기 시작했다네.

개도 그 뒤를 따랐지. 이빨을 딱딱대며 으르렁댔지만 그래도 기관차처럼 썰매를 끌고 가더군.

나와 푹스는 하마터면 썰매에 올라타지도 못할 뻔했다네. 푹스는

1마일

1,609m. 반 마일은 약 805m

〈언더우드〉 타자기

1903년 언더우드사에서 만든 타자기로 현대 타자기의 표준이 된 타자기

간신히 줄을 붙잡을 수 있었지. 반 마일을 그렇게 달려갔다네. 폭풍 속의 닻처럼 말일세.

경쟁이 벌어졌던 거라네! 속도 측정기를 가지고 있지는 않았지만 가지고 있었다 해도 빙판 위에서는 속도를 재기도 어려웠을 거야. 하지만 스쳐 지나가는 모습들을 보건대 우리 속력은 놀랄 만했다네. 마을들이 나타났다 사라지며 안개 속인 듯 스쳐 지나가고, 썰매는 빙판을 뛰어넘고, 귀에서는 휘-휘- 하는 휘파람 소리가 들렸지.

순록의 콧구멍에서는 김이 나오고 발굽이 번쩍이는데 〈언더우드〉 타자기로 치듯이 눈 위에 〈ㅂㅔㄷㅏ〉라는 글자를 멋지게 새겨 놓더군.

개도 달렸다네. 우는 소리를 내는가 하면 낮은 소리로 으르렁거리는데 혀는 한쪽으로 비어져 나왔지만 그런데도 뒤지지 않더군.

그렇게 달리다가 문득 살펴보니 알래스카 국경선이었다네. 여기서는 보안관들이 총과 기를 들고 서 있지….

나는 썰매를 멈추기로 하였다네. 출입국 수속을 안 하고 국경선을 넘기가 꺼림칙했던 거지. 그래서 소리쳤다네.

"속도 줄여, 정지!"

그런데 이게 웬일! 순록이 보지도 않고 듣지도 않고 장난꾸러기처럼 계속 내달리는 거야.

보안관 하나가 손수건을 흔들자 다른 보안관들이 일제 사격을 하는 거였어…. 이젠 끝이구나 하고 나는 생각했다네. 하지만 무사하더군. 사정거리를 벗어났던 것이지. 오 분쯤 지나 우리는 썰매를 하나 추월하고 다시 두 대를 추월했다네. 나중엔 세는 것도 포기했지. 너무 많은 추월을 했으니까. 다른 썰매들은 서두르고 있었지만 사실 나는 조용히 가고 싶었다네. 하지만 우리는 개와 순록을 멈출 수는 없었어…. 드디어 길모퉁이 너머로 유콘 요새가 보이더군. 그곳에는 사람들이 빙판 위에 모여 있었다네. 손을 흔들고 소리를 지르고 허공으로 축포를 쏘아 대고 있었지. 사람이 얼마나 많던지 빙판이 견디지 못하고 그만 무너지고 말았다네.

유콘 요새

미국 알래스카 주와 접해 있는 유콘 준주의 요새. 미국이 러시아로부터 알래스카를 매입했던 1867년에 세웠다가 1890년에 장소를 옮김

사람들이 강 양편으로 갈라서자 우리 바로 앞에는 거대한 물웅덩이가 보이더군. 우리는 아슬아슬한 속도로 웅덩이로 달려가고 있었지. 보니까 안 되겠더군. 작정을 하고 썰매를 옆으로 기울였다네. 끌채가 끊어지고 우리는 모두 눈 바닥으로 쿵 하고 떨어졌어. 하지만 순록은 달리던 힘으로 개와 함께, 다른 모든 것과 함께 물로 빠지고 말았지.

그냥 두었으면 빠져 죽었을지도 몰랐을 거야. 하지만 구명대 때문에 그러지 않았다네. 보니까 네 발들을 허우적거리면서 푸푸 하기도 하고 숨을 헐떡이더군….

그때 사람들 속에서 맘씨 좋은 사람들이 올가미를 가져오더니 순록 뿔에 걸어 당기기 시작하더군…. 그런데 말일세. 훌륭한 순록의 그럴싸한 뿔이 맥없이 떨어져 나가고 그 밑에 암소 뿔처럼 생긴 짤막한 뿔이 보이는 거야. 그렇지만 다행히도 그 뿔들은 단단히 붙어 있더군. 그걸 잡아당기자 썰매 전체가 얼음 위로 끌려 올라왔다네. 우리 순록이 몸을 한 차례 털고 콧구멍을 핥더니 암소처럼 가엾게 음메 하고 울더군.

내가 가까이 다가가서 살펴보니 꼬랑지만 없을 뿐 암소였던 걸세. 캐나다에서 롬이 사기를 당한 거였어. 어째서 우리 순록이 편자를 안 했다고 얼음 위의 소처럼 춤을 추었는지 그제야 알겠더군. 그런데 소에게서는 볼 수 없는 그런 재빠름이 어디서 생겨났는지는 금방 이해가 가지 않았다네.

그러고 있는데 개 전문가들이 내게 말하기를 푹스도 바보짓을 했다는 것이었어. 속아서 개 대신에 어린 늑대를 사 왔다는 거야.

얼마나 재미있는 일인가 내 얘기를 들어 보게나. 늑대 새끼 그 자체로는 썰매 개로서 아무 가치가 없어. 개가 아니라 허섭스레기 같은 거라고 할 수 있지. 암소도 그 자체로는 순록은 아니었지만 이 둘을 함께 묶어 놓으니 아주 멋들어진 결과가 나왔던 것일세. 여기서 사칙 연산 규칙이 딱 들어맞았지. 마이너스(-)에 마이너스(-)를 곱하면 플러스(+)가 되는 것 말이야.

홍분이 가라앉자 우리를 그렇게 환영한 이유가 밝혀졌다네. 그날은 이 지방 사람들이 겨울 썰매 경주를 하는 날이었다는군. 우리는 아무 생각도, 아무런 짐작도 하지 못하고서 일등을 차지하게 되었던 것일세.

21장

쿠사키 대장이 꽤나 곤란한 처지에 빠져 있던
브룬겔 선장을 벗어날 수 있게 도와준 이야기

삼 일 동안 우리는 유콘에서 손님으로 머물며 푹 쉬었다네. 동물들도 쉬도록 하였지. 우리에게는 손님으로서 완전한 자유를 주었어. 다만 우리가 거주하는 곳에서 벗어나 아무 데도 가지 않겠다는 서약서를 받아 가더니 만전을 기한다고 형사 두 명을 입구에 세워 놓았더군. 얼마 뒤 우리는 썰매에 동물을 매고서 다시 길을 떠났다네. 유콘을 쏜살같이 벗어나 베링 해협을 향해 달렸지. 곧장 추크치로 가려고 방향을 잡았다네. 세인트로렌스 섬까지는 잘 갔어. 그런데 거기서 그만 지체하는 일이 생기고 말았다네. 폭풍 때문에 얼음덩어리가 갈라져서 우리는 벌어진 틈 앞에서 서성일 수밖에 없었지. 마치 배가 여울에 올라앉은 것처럼 말일세.

우리는 빙산 아래에 진을 쳤다네. 얼음이 붙기를 기다렸지. 어찌 됐든 딱히 서둘러 갈 데도 없었고 먹을거리도 아무 문제가 없었거든. 오는 길에 페미컨이며 생선, 얼린 들꿩 고기를 준비했었던 거야. 그런가 하면 암소한테서는 우유도 얻을 수 있었지. 한마디로 굶어 죽을 이유는 없었다네. 다만 추위가 문제였어. 서로 바짝 붙어 앉아 떨었지. 푹스가 특히 고생을 했다네. 수염이 얼고 그것이 온통 고드름이 되어서 계속해서 투덜대고 구시렁거렸지. 롬도 마지막 힘을 다해 버티고 있었다네….

보니까 뭔가 대책을 세워야 했어. 앉아서 몸을 덥힐 수 있는 여러 가지 방법을 생각해 보았지. 장작, 석탄, 등유. 이런 것들은 전부 우리와 거리가 멀었지…. 그러다 문득 생각이 나더군. 예전에 내가 서커스 구경을 갔는데 어떤 최면술사가 물을 뚫어지게 보자 물이 끓더란 말이야.

'나라고 못할쏘냐!' 이렇게 생각했지. 내

세인트로렌스 섬

St. Lawrence Island. 베링해에 위치한 알래스카 주 서쪽의 섬으로 베링 해협의 남쪽에 있다.

페미컨

쇠고기를 말려 과일과 지방을 섞어 빵처럼 굳힌 것. 원래 북미 토착민이 먹던 음식이었는데 등산이나 탐험하는 사람들이 휴대 식량으로 많이 이용한다.

의지는 워낙 강해서 강철 같다고 할 수 있는 정도였거든. 시도해 보지 않을 이유가 뭐겠나? 그래서 얼음덩어리를 뚫어져라 쳐다보았지. 끓기는커녕 녹지도 않더군…. 그러자 그 모든 게 엉터리고 사기고 눈속임이라는 걸 깨달았다네. 손재주, 혹은 아주 간단히 말해서 마술(fokus)이었던 거야…. 포커스(fokus)란 낱말을 기억해 내자마자 내 뇌의 주름에서 번개 같은 생각이 일어나더군.

도끼를 들고 맞춤한 얼음덩어리를 고르고 잘라 알맞게 다듬어서 진지로 가져갔다네.

"이보게들, 내가 초점(fokus) 맞추는 것 좀 도와주게나."

롬이 일어나더니 중얼거리더군.

"선장님, 놀랍습니다. 고드름이 어는 판에 마술(fokus)를 하시겠다니."

푹스도 투덜거렸다네.

"마술(fokus)이라니요! 홍해에서는 팬티만 입고서 수영을 해도 더웠는데 여기서는 세 겹으로 껴입어도 몸이 따뜻해지지 않아요. 그런데 마술(fokus)은 무슨 얼어 죽을 마술이에요!"

나는 그들에게 고함을 질렀다네.

"쓸데없는 대화 중지! 명령을 따르라! 이 얼음덩어리를 잡는다, 실시! 꽉 잡는다, 실시! 5° 왼쪽으로. 좀 더 왼쪽으로…."

내 손이 만들어 낸 창작품인 거대한 얼음 렌즈를 롬과 푹스가 들어 올리고 빛줄기들을 얼음에 모았다네. 보니까 무에 구멍을 내듯이 구멍을 내는가 싶더니 지글지글 증기가 피어오르는 거야. 주전자에 맞추자 금방 물이 끓고, 주전자 뚜껑까지 날아가더군. 바로 이런 식으로 우리는 추위도 이겨 냈다네. 그렇게 지내면서 너무 익숙해지니까 떠나고 싶은 마음도 없더군. 늑대에게는 페미컨을 주고 암소에게는 건초를 사료로 먹였지. 우리도 잔뜩 먹어서 굶어 죽을 까닭이 없었다네. 마침내 얼음이 붙더군.

우리의 준마를 마지막으로 썰매에 매달고 우리는 곧장 페트로파블로프스크로 질주했다네.

그곳에 도착한 뒤 관청에 가서 신고를 했지. 이 말은 꼭 해야겠는데, 그곳 사람들은 우리를 성대하게 맞아 주더군. 신문들이 우리 여행을 줄곧 관심을 갖고 취재를 하고 있었는데 최근

페트로파블로프스크

페트로파블로프스크캄차츠키라는 긴 이름을 가진 러시아의 도시로 캄차카 반도 남동쪽에 있으며 수산 가공 중심의 어업 기지

에는 불안해하고 있었다네. 우리가 누군지 얘기하자 형제를 만난 듯이 마구 키스를 하더구만. 음식도 대접하고 몸도 보살펴 주고 손님으로 초대하기도 하였네. 우리는 암소를 풀어서 농장에 기증하고 늑대는 아이들 교육에 쓰라고 학교 사육장에 선물을 했다네…. 너무나 대접을 잘 받았으니 사실은 그 정도로는 턱없이 부족했다고 해야 할 걸세.

봄이 오고 얼음이 깨지자 우리는 바다가 그리워지기 시작했네. 아침이 되기만 하면 해변으로 나갔지. 해마 사냥을 하거나 아니면 그냥 바다를 바라보곤 하였다네.

그러던 어느 날 셋이서 함께 외출하여 거리를 어정버정하고 있었어. 푹스가 언덕으로 기어 올라가더군. 갑자기 겁먹은 듯이 외치는 소리가 들리는 거야.

"브룬겔 선장님, 〈베다(불행)〉예요!"

나는 뭔 일이 났구나 생각했다네. 돌부리에 발이 찧었든가 곰을 만났든가 우선은 달려가서 도와주는 게 급선무였지. 롬도 기어 올라왔네. 푹스는 여전히 소리치고 있었어.

"〈베다〉예요, 〈베다〉!"

우리가 기어올라서 그에게 가 보니 정말로 〈베다〉호가 돛을 올리고 다가오는 모습이 보였던 것일세.

우리는 시내로 달려갔네. 거기서는 이미 배를 맞을 준비를 하고 있더군…. 우리는 선착장으로 갔지. 우리에게 길을 터 주더군. 그런데 사람들이 벌써 조금 못 미더운 눈으로 쳐다보는 거야.

나는 전혀 이해할 수가 없었다네. 제기랄, 도대체 이게 무슨 일이람! 내 눈으로 〈베다〉호가 가라앉는 모습을 똑똑히 보지 않았는가 말이야. 그래 눈이란 건 착시처럼 속을 수 있다 치자고. 하지만 항해 일지에 적힌 기록은 뭐냔 말이야. 그건 기록 문서가 아니냐고. 푹스도 그 증인이 거든. 그렇다면 최후의 순간에 내가 배에서 탈출했다는 결론이 되는 거지. '가만,' 나는 생각했다네. '좀 더 가까이 가서 살펴보자.'

요트가 다가오자 완전히 오리무중에 빠져 버리고 말았다네. 보니까 롬이 타륜을 잡고 있고 바로 옆에 푹스가 서서 돛을 펴고 있더군. 돛대 옆에는 내가 서서 명령을 하고 있었어.

'어찌,' 내가 생각했지. '이런 일이 있을 수 있나! 저건 내가 아닐지도 모르잖아?' 다시 가만히 보니, 아냐, 나였다네. 그럼 선착장에 있는 건 내가 아닌가? 배를 만져 보았지. 아냐, 선착장에 있는 건 나였던 거 같았네. '이게 무슨 일이지?' 나는 생각했어. '몸이 둘로 나뉜 걸까? 아냐, 이건 모두 엉터리야. 그냥 꿈을 꾸고 있는 거야.'

"롬," 내가 말했다네. "나를 한번 꼬집어 보게나."

롬도 제정신이 아니더군.

하지만 그는 꼬집어 주었네. 얼마나 세게 꼬집던지 참지 못하고 비명까지 질렀다네…

모여 있던 사람들의 시선이 나와 롬, 푹스에게로 쏠렸다네. 우리를 에워싸더군.

"자," 사람들이 말했지. "선장님, 이 상황을 어떻게 설명하시겠습니까?"

그러는 사이 〈베다〉호는 다가오고 있었다네. 완충 장비를 대어 놓고 닻을 내리더군. 나의 분신이 거수경례로 인사를 하였다네.

"실례지만," 그가 말했다네. "제 소개를 하겠습니다. 저희는 먼바다 항해 선장 브룬겔과 승무원들입니다. 세계 일주를 마치고 페트로파블로프스크캄차츠키 항구에 도착하여 신고합니다…."

선착장에 모인 사람들이 "브라보!"하고 소리치더군. 나는 전혀 이해할 수가 없었다네. 자네에게 하는 말이네만, 나는 유령을 믿지 않아. 그렇지만 이런 상황에서는 다시 생각해 보지 않을 수 없었어. 안 그러고서야 어찌 이런 일이 있을 수 있겠나? 살아 있는 유령이 내 앞에서 아주 뻔뻔하게 얘기를 하고 있었으니 말일세.

그런데 중요한 건 내가 어처구니없는 처지에 빠졌던 거라네. 사기꾼이거나 이름을 도용한 사람처럼 되어 버렸단 말일세. '좋아,' 나는 생각했다네. '어찌 되나 지켜보자.'

그자들이 마침내 해변에 모두 내렸다네. 그들에게 가서 어찌된 일인지 물어보려고 사람들 사이를 헤집고 들어가려 했으나 사람들이 나를 밀어내더니 다른 브룬겔에게 여기 또 한 명의 브룬겔 선장과 승무원들이 있다고 얘기하더군.

다른 브룬겔이 발을 멈추고 사방을 둘러본 뒤 갑자기 선언을 하더군.

"말도 안 되는 소리를! 브룬겔은 이 세상에 없습니다. 내가 직접 태

평양에 빠뜨렸으니까요."

그 말을 듣자 나는 금방 모든 걸 이해할 수 있었다네. 보니까 이 사람은 몽상가인 하무라 쿠사키 대장으로, 그가 나로 가장을 했던 것이었어.

나는 내 승무원들과 함께 사람들 사이를 헤집고 들어가 그에게 바짝 다가갔지.

"안녕하십니까," 내가 말했어. "대장 각하! 오시는 길이 힘들지는 않으셨습니까?"

그가 당황하며 입을 다물더군. 그때 롬이 다가와서 손을 한 번 휘둘렀어. 그러자 다른 롬이 거인 같은 주먹 한 방에 쫙 누워 버리더군. 쓰러진 걸 보니까 바지에서 발 대신 죽마가 불쑥 튀어나와 있었다네.

푹스도 용기를 내어 다른 푹스에게 달려들어서 턱수염을 붙잡고 단숨에 떼어 버렸다네.

롬이나 푹스는 괜찮았어. 한 사람은 키가 크고, 다른 사람은 턱수염이 있었으니까. 하지만 나한테는 아무런 특징이 없었던 거야…. '무슨 수로,' 나는 생각했다네. '저 분신을 골탕 먹이나?'

그렇게 생각을 하고 있을 때 내 분신이 먼저 방법을 생각해 냈더군. 보니까 안 되겠

죽마

대말이라고도 함. 기다란 나무로 만들어서 사람이 올라서서 걸을 수 있게 만든 도구

다 싫었는지 단검을 꺼내 두 손으로 잡고 쫙~쫙! 하고 배를 열십자로 긋는 거야…. 할복이라고 하는 건데, 사무라이가 사람들의 이목을 끄느라고 쓰는 방식이라네…. 나마저도 인상이 찌푸려지더군. 이보게나, 나 같은 사람은 그런 모습을 냉정하게 볼 수 없었어. 그래서 두 눈을 감은 채 서서 기다렸지.

갑자기 소리가 들리는데, 해변에 있던 사람들이 조용히 웃기 시작하더니 그 소리가 점점 커져서 나중엔 박장대소를 하더군. 내가 눈을 뜨고서 보니까 또 한 번 이해할 수 없는 일이 벌어졌더군. 날은 따뜻하고 태양은 빛나고 하늘은 맑은데 어디서 눈 같은 게 오는 거야.

그래서 자세히 보니까 내 분신이 살아 있기는 한데 몸이 홀쭉해져 있더군. 배에는 커다란 구멍이 생겼는데 거기서 깃털들이 빠져나와 사방으로 휘날렸던 거야….

사람들이 단검을 빼앗고 아주 공손하게 그를 데리고 갔다네. 그의 승무원들도 함께 데려갔지. 우리가 제정신을 차릴 사이도 없이 사람들이 우리를 헹가래치더군.

헹가래가 끝나고 안정을 되찾자 우리는 사정을 설명하고 요트를 보러 갔다네.

보니까 우리 요트는 아니었어. 하지만 아주 비슷하더군. 직접 배를 몰고 세계 일주를 하지 않았다면 아마 나 자신도 헷갈렸을 걸세. 우리

 **차변**

부기(簿記)에서 계정계좌의 왼쪽. 자산의 증가, 부채 또는 자본의 감소·손실의 발생 따위를 기입하는 부분이다.

는 이 배를 차변에 올렸다네. 다음 날엔 내가 타고 갈 기선도 도착하더군.

우리는 작별 인사를 했다네. 나와 푹스는 그곳을 떠났지. 그래서 지금까지 몸도 건강하고 마음도 젊게 살고 있는 거라네. 푹스는 과거를 청산하고 영화 제작소에 들어가 악당 역할을 맡고 있지. 그 사람 외모가 거기에 딱 어울렸으니까. 롬은 그 요트를 운전하려고 거기 남았지.

얼마 안 있어서 그에게서 편지를 한 통 받았네. 별일 없이 잘 해내고 있다, 요트는 그런대로 잘 나간다고 썼더군. 물론 이 〈베다〉는 우리의 〈베다〉는 아니었네. 그래, 그건 베다(불행)가 아니지. 그래도 바다를 항해하고 있으니까…. 그렇지.

이게 내가 겪은 이야기일세, 젊은이. 자네들은 내가 항해를 한 적이 없다고 말하더군. 이보게, 나는 항해를 했다네. 그것도 아주 멋지게 말이야! 이제는 나이가 들어서 기억이 가물가물하는군. 안 그랬다면 내가 항해한 이야기를 자네들에게 더 해 줄 수도 있었을 텐데 말이야."

22장
독자가 읽지 않고 넘어가도 되는 보충 이야기

나는 그날 저녁 늦게까지 앉아서 혹시나 한마디라도 빠뜨릴까 주의해서 이야기를 들었다. 브룬겔 선생님이 모험 이야기를 마치시자 나는 선생님께 공손하게 여쭈어 보았다.

"브룬겔 선생님, 이 얘기를 책으로 만들면 어떨까요? 후대 사람들에게도 교훈이 될 텐데…."

"그렇다면," 선생님이 잠시 생각하시고는 대답하셨지. "써 보게나. 나는 숨길 것도 없고 또 진실은 숨겨서는 안 되지…. 쓰게나. 그리고 끝나면 살펴보고 잘못된 곳이 있으면 고쳐 주겠네…."

그날 밤 바로 나는 일을 시작하였다. 얼마 안 있어 굵은 글자로 깔끔하게 옮겨 적은 꽤 두툼한 공책을 브룬겔 선생님의 책상에 놓아 드렸다.

크리스토퍼 브룬겔 선생님은 내가 쓴 공책을 꼼꼼히 살펴보시고 눈에는 안 띄지만 아주 중요한 부분을 고쳐 주시고 이틀 후 나에게 공책을 돌려주시며 조금 슬픈 표정으로 말씀하셨다.

"한 글자, 한 글자 모두 정확히 썼더군…. 다만 뱃사람 대 뱃사람으로서 터놓고 자네에게 말한다면, 이 글을 이해하지 못하는 머리가 둔한 독자도 있을지 모른다는 것이네. 내가 젊었을 적에 아주 재미난 일이 있었어. 그때는 수습생으로 바다에 나간 지가 얼마 안 되는 나이였지. 우리는 어딘가에 정박을 하고 있었는데… 우리 항해사는 아주 엄격한 사람이었다네. 딱 질색이었지. 근데 그분이 해안으로 간다고 거룻배에 뛰어오르더니 내게 소리치는 거야.

"이봐 꼬맹이, 고양이를 독살해, 얼른!"

그 말을 듣고 나는 내 귀를 믿을 수 없었다네. 우리 배에는 시베리아 고양이가 한 마리 있었거든. 털이 복슬복슬하고 주둥이는 길쭉하고 꼬리는 여우처럼 길었어. 말만 하지 못할 뿐 아주 귀엽고 영리했다네. 그런데 그 고양이를 독살하라니! 무엇 때문에? 더군다나 무엇으로 독살을 하지? 그런 뜻으로 항해사에게 물었지…. 그러자 다른 선원들이 나를 끌고 가서, 흔히 말하듯이, 징벌용 밧줄 맛을 보여 주더군. 그랬다

네…. 내가 걱정하는 건 사람들이 읽다가 전문 용어에서 혼동을 할지
도 모른다는 것일세. 그렇게 되면 뜻이 이상해져서 독자들이 나를 이
상하게 생각하게 될지도 모르지 않겠나. 그러니 자네가 수고 좀 해 주
게나. 바다에서 쓰는 낱말 목록을 자음 모음 순서대로 간추려 주게. 그
러면 내가 틈날 때 작업을 해서 설명을 달아 놓겠네.”

　나는 선생님의 지시를 잊지 않고 작업을 하여 육십 개 정도의 낱말

목록을 브룬겔 선생님께 드렸다. 선생님은 한 번 살펴보시고 아침까지 설명을 달아 놓겠다고 약속을 하셨다. 그러더니 기한을 일주일 더 달라고 하셨다가 나중에는 한 달로는 부족하니 끝낼 수 없다고 하셨다. 일 년이 지나 내가 운이 없는 뜻풀이 사전 얘기를 우연히 꺼내자 브룬겔 선생님은 정색을 하며 화를 내시더니 나를 풋내기라 욕하시면서 이런 일은 중요해서 서둘러서는 안 된다고 하셨다.

그렇게 해서 책은 뜻풀이 사전을 안 붙이고 출판되었다. 사람들은 아무 문제없이 읽었고 전반적으로 올바로 이해를 하는 것 같았다. 그러다 얼마 전 『브룬겔 선장의 모험』을 새로 출판하려 할 때 브룬겔 선생님이 나를 불러 엄숙한 표정으로 최근에 쓴 논문을 건네주셨다.

우리는 흥미로운 그 논문을 치밀하게 검토한 후 가치가 있다고 판단을 하여 그것을 그대로 인쇄하기로 하였다.

바다와 연관된 용어에 대한
크리스토퍼 브룬켈 선장의 고찰

나를 비롯한 여러 관찰자들은 바다라는 무한히 큰 잔에서 염분이 있는 습기를 마신 사람이 괴질에 걸린다는 사실에 여러 차례 주목한 바 있다. 이 병에 걸리면 시간이 흐르면서 인간의 말이라는 비할 데 없이 귀중한 재능을 반쯤은 잃어버린다.

그런 사람은 특정한 대상을 나타내는 모국어 낱말 대신 외국어를 사용하는데 이 외국이는 아주 기발해서 때때로 이 병에 걸리지 않은 사람과는 얘기가 통하지 않는 일까지 벌어진다. 이 병에 걸린 환자는 정상인이 이해를 못해서 어깨를 으쓱할 때 그를 안됐다는 듯 무시하는 눈으로 바라본다.

나도 아주 젊었을 때 이 질병에 감염된 적이 있다. 병을 고치려고 아무리 열심히 노력해도 내가 쓴 방법으로는 완치를 할 수 없었다.

지금도 나는 '비스트렐(사격)'을 총기에서 나는 우렁찬 소리가 아니라 뱃전에 수직으로 세워 놓은 원통 나무로 이해한다. '베세드카(정자)'는 정원에 세워 놓은 편안한 건축물이 아니라 매달아 놓아 흔들거리는 꽤나 불편한 앉음대를 뜻하고, '코시카(고양이)'는, 내 머릿속에 발(갈퀴)이 세 개부터 네 개까지 있는 모습으로 연상되기는 하더라도, 결코 애완동물이 아니라 자그마한 보트용 닻을 의미한다.

그런가 하면 집을 나서서 계단을 내려가 가로수 길의 벤치에서 쉬다가 다시 집으로 돌아와 가스 조리기에다 차를 끓일 때, 나는 배를 타고 있다는 생각이 들고(비록 상상이긴 하지만) 계단, 벤치, 가스 조리기가 각각 줄사다리와 걸상과 선상 요리실로 바뀌는 것이다.

이 문제를 잠시 숙고하다가 나는 바다에서 쓰는 용어를 사전에서 모두 몰아내고 옛날부터 써 온 일상용어로 바꿔 버리자는 결심을 하였다.

하지만 결과는 매우 실망스러웠다. 내가 내린 결정에 따라 강의한 첫 수업은 나뿐만 아니라 학생들에게도 쓸데없는 번거로움만 안겨 주었다.

강의 시간은 평소보다 세 배나 더 걸렸는데, 그 까닭은 바다에서 쓰는 말에는 대신할 말이 전혀 없는 용어가 적지 않았기 때문이다. 하지만 결정을 포기하지 싶지 않았던 나는 그런 용어들이 나올 때마다 장

황한 설명으로 바꾸려고 노력하였다. 가령 이런 식이다. '활대'라는 말이 나오면 〈배에 서 수직으로 세워 놓은 기다랗게 뻗은 기둥

랜싯
양날의 끝이 뾰족한 의료용 칼

에 수평으로 걸어 놓은, 중간 부분이 조금 튀어나온 원통 나무 들보〉라 하고, 타륜이라는 말이 나오면 〈배 뒤쪽 끝의 물에 잠긴 부분에 연결된 수직 축을 따라 손잡이나 다른 구동 장치로 움직이면서 배의 방향을 바꾸는 데 사용하는 수직 평판〉이라고 했던 것이다.

더욱이 이런 설명을 여러 차례 하느라 헛되이 소모되는 시간이 아까 워서 나는 그것을 단숨에, 속사포처럼 말을 하려고 노력했다. 이런 설 명을 하는 데 필요한 낱말 수가 적지 않은 경우가 많았으므로 내 강의 는 마술사의 주문이나 무당의 주술처럼 되어 갔다. 그리하여 학생들이 온갖 노력을 다 기울였지만(나에게는 이것을 의심할 권리는 없다.) 그들은 내 강의에서 아무것도 건지지 못했으며, 더구나 이해하지도 못했다.

내 시도가 실패해서 서글프긴 했지만 나는 낙담하지 않았다. 나는 끈질기고 신중하게 이 문제를 새롭게 검토했고 이 주제를 다룬 논문과 원서를 전면적으로 연구한 후 그것을 본인이 관찰한 것과 대조하여 다 음과 같은 결론을 얻었다. 즉 바다에서 사용하는 전문 용어란, 목수가 대패를, 의사가 랜싯을, 자물쇠공이 만능열쇠를 자신 있게 마음대로 다루듯이 모든 뱃사람도 그렇게 자신 있게 다룰 수 있어야 하는 전문

도구라는 것이다.

하지만 어디서나 그렇듯이 도구는 끊임없이 발전해서 일부는 전혀 사용되지 않는가 하면, 일부는 사용하기에 더 편리하고 간단한 새 도구로 교체되는데, 이때 다른 분야에서 빌려 쓰는 경우도 종종 있다. 바다에서 쓰는 용어를 예로 들어보면, 돛대(마스트), 타륜(핸들), 항해자(네비게이터) 같이 일부 용어는 사회에서 일상적으로 사용하는 낱말이 되었다. 반대로 과거의 존재 의의를 완전히 잃어버리고 널리 사용되는 새로운 낱말로 바뀐 경우도 있다. 예를 들면 해양 용어 사전에서 이미 오래전부터 별로 사용되지 않던 '눈대중(안트레트로)' 이라거나 '트라이앵글'이란 말은 현재 까마득하게 잊히고 '근사치'나 '삼각형'이란 말에 자리를 양보하였다.

이상에서 서술한 바를 바탕으로 뱃사람과 뭍사람이 서로 합리적인 양보를 하게 되면 머지않아 하나의 공통어에 이르게 될 것이라는 예상을 해 볼 수 있을 것이다. 그러나 이러한 통합이 가까운 장래에 이루어지리라고 기대를 할 수 있는 근거는 없다. 그러므로 오늘날 요트 〈베다〉호를 타고 항해한 나의 모험들에 대한 기록과 같이 바다에 연관된 심각한 글을 읽을 때는 바다에서 사용하는 말을 완전히 습득하지 못한 사람이라면 반 드 시(!) 내가 독자에게 드리는 작은 뜻풀이 사전을 참고하여야 할 것이다.

| 크리스토퍼 브룬겔 편집 |

■ **물통** ankerok(네) ─ 이 말은 러시아 선박의 발전과 깊이 연관되어 있다. 러시아 선박을 처음 만드는 일에 네덜란드 사람들이 참여를 하였는데, 이들은 배 만드는 일도 잘했지만 술 마시는 데도 도사였다. 하지만 술을 먹는 데는 그 양을 나타내는 주량 단위가 필요했는데 그때 사용한 말이 튼튼한 나무통(anker)이었다. 술 두 통을 마셨다, 술 세 통을 마셨다는 식으로…. 이 통은 지금도 구명보트마다 갖추어 놓고 있는데, 다만 거기에는 술이 아니라 식수를 담아 놓는다.

■ **풍력** balle(프) ─ 〈풍류〉라는 말과 혼동하지 마시라! 풍류는 춤도 추고 멋스럽게 논다는 말이지만 풍력은 뱃사람이 날씨에 매기는 점수로, 바람과 피도의 힘을 나타내는 단위다. 풍력 0은 바람이 없는 무풍상

(그) 그리스어 (네) 네덜란드어 (독) 독일어 (라) 라틴어 (러) 러시아어 (프) 프랑스어 (영) 영어 (한) 한국어

태… 풍력 3은 약풍… 풍력 6은 강풍… 풍력 9는 폭풍으로 매우 센 바람이다. 폭풍이 불면 이따금 배나 승무원 모두 춤을 추게 된다! 풍력 12는 태풍이다. 작은 배가 태풍을 만나게 되면 뱃사람들이 "이제 풍류도 끝이로군!" 이렇게 말하면서 씩씩하게 바다로 가라앉는 일도 있다.

■ **바닥짐**(한), **밸러스트** ballast(영) — 뭍에서는 쓸모없는 짐. 하지만 바다에서는 상황이 다르다. 바닥짐이 너무 많으면 안 좋고, 아주 없으면 더 안 좋다. 배가 뒤집힐 수도 있으므로. 돌멩이나 철괴, 모래 등 쓸모없는 중량물을 배의 바닥에 실어 균형을 잡아 준다.

■ **양묘기** braadspil(네) — 이 말도 네덜란드에서 왔다. 'braden'은 '굽다'라는 뜻이고, 'spil'은 '구이 꼬챙이'란 뜻이다. 하지만 양묘기로는 아무도 고기를 굽지 않는다. 여기에 닻줄을 걸어 닻을 올리고 내린다. 닻을 올리고 내리는 것은 쉽지 않은 일이다. 만일 양묘기를 가지고 계속 장난치다가는 햇볕에 검게 타서 아주 녹초가 될 수도 있다.

■ **석탄 창고** bunker(네) — 배에서 석탄을 쌓아 놓는 곳. 더 이상 설명할 게 없다.

■ **돛대 밧줄** want(네) — 돛대가 넘어지지 않게 받쳐 주는 줄.

■ **올려** vira(러) — 이 말은 들을 때마다 불쾌하다. 뱃사람들은 '비라 vira' 하면 올리고, '마이나 maina' 하면 내리라는 줄 확실히 알고 있다. 하지만 뭍에서는 많은 사람들이 혼동한다.

■ **작살** harpoen(네) — 끝이 깔쭉깔쭉한 날이 달린 작대기에 기다란 줄을 매단 도구. 옛날에는 이런 작살로 거대한 바다 동물을 잡았다. 다른 사람에게 잘못 던져서 싸움이 생기는 일도 있었다. 현대식 작살은 옛날 것과 사뭇 다르다. 현대식은

포로 쏘는 방식이다. 고래를 잡기에는 아주 편리하지만 이걸 갖고 드잡이하기에는 불편하다. 무겁기 때문이다.

■ **주범** groot(네) ─ 보통은 범죄를 실제로 저지른 정범이란 뜻으로 사용한다. 하지만 바다에서 주범은 중심이 되는 돛대 위에 달린 큰 돛을 말한다.

■ **독** dock(영), 선거(한) ─ 사람이 만들어 놓은 수문이 달린 만이다. 배가 들어오면 수문을 꼭 닫고 물을 빼낸다. 이곳에서 배를 검사, 수리, 색칠을 하고 작업이 끝나면 물이 들어오게 하여 배를 띄워 나가게 한다.

■ **당기다** draaien(네) ─ 줄을 당긴다는 뜻. 그런데 어쩐 일인지 빛이 나도록 반질반질 닦는다는 의미도 생겨났다.

■ **항차** drijven(네), drift(영) ─ 몇 글자 안 되는 이 낱말에 뜻이 여섯 개나 된다. 1) 부표하다 ─ 돛을 움직여 배가 제자리에 머물게 하다. 2)항차 ─ 바람과 해류 때문에 항로에서 벗어난 차이. 4) 얼음과 함께 떠다니는 것. 5) 닻은 내렸지만 강한 태풍이 불어 닻이 제대로 버티지 못할 때 배의 움직임. 6) 여울에 올라서지 않게 하는 것.

■ **무풍이 되다** zashtilet'(러) ─ 바람 없는 상태(stil)가 되는 것.

■ **천정** zénith(프) ─ 관찰자의 머리 위에서 하늘로 직선을 그은 한 점. 이 점은 누구나 볼 수 있다. 천저 nadir는 천구의 정반대편에 있는 점. 아무리 주의력이 강한 관찰자라도 천저점은 볼 수 없다. 지구가 가로막고 있으므로.

■ **물결** swell(영) ─ 바다의 파도. 바람이 안 불 때 물결이 치면 선장은 걱정할 필요가 없지만 바람이 불면서 물결이 치면 걱정을 하게 된다.

■ **비 막이 모자** zuidwester(네) ─ 아주 볼품없이 생긴 폭풍칠 때 쓰는 방수 모자

다. 물이 모자챙에서 어깨와 등으로 흐르게 하여 옷 속으로는 안 들어가게 해 준다. 이런 경우 "예쁘지는 않지만 고마워!"라고 말하기도 한다.

- **요리실** kombuis(네) — 배 안의 요리실.

- **향유고래** cachalotte(포) — 수염은 없지만 이빨이 있는 고래. 호기심은 많은데 멍청하다.

- **용골** kiel(네) — 배의 척추로 여기에 배의 갈빗대가 단단히 붙어 있다. 배 아래쪽에 달아서 배가 잘 나가도록 만들어 놓은 '지느러미'를 이르기도 한다.

- **돛대 덮개** — 돛대의 덮개다. 돛대에 무슨 덮개가 필요한가? 이렇게 생각할지도 모른다. 하지만 필요하다. 그렇지 않으면 빗물이 나무를 젖게 하여 돛대가 안에서부터 썩게 된다. 그러므로 둥그런 나무 덮개를 만들어 돛대 위에 씌워 놓는다.

- **대향 항해** kontrkurs(러)— 두 대의 배가 정면으로 마주쳐 항해할 때를 말한다.

- **전함** corvette(프)— 돛이 세 개 있는 전투 배. 지금은 그림과 책에서만 존재한다.

- **선실** kubrik(러)— 선원들이 머무는 곳. 이 낱말의 러시아 어는 개 이름으로 많이 애용된다.

- **항로** cursus(라) — 배가 가는 방향. 돛을 달고 가는 배와 바람이 부는 방향의 관계를 나타내는 데도 쓰인다. 바람이 고물 쪽에서 곧바로 불어오면 순풍 voor de wind(네)이라고 한다. 반대로 불면 역풍 bakstag(네)이라고 한다. 옆에서 불면 횡풍 halve wind(네), 비껴 불면 사풍 bij de wind(네)이다. 코앞에서 정면으로 부는 바람은 이전엔 명칭이 없었지만 이 공백을 크리스토퍼 브룬겔 씨가 〈코앞바람 vmorduwind〉이라는 말로 메워서 이 말이 해양 사전에 굳게 자리를 잡았다.

■ **갈지자로 가다** laveren(네) ― 뭍에서는 꾀부리는 행동이라 할 수 있다. 여기도 생긋, 저기도 방긋, 오른편에도 안녕, 왼편에도 안녕, 이렇게 진창길을 가면 신발도 젖지 않는다. 하지만 바다에서는 아주 간단하다. 바람을 맞고 갈지자로 가면 위험을 피할 수 있다. 그게 전부다.

■ **항해 측정기** log and lood(영, 네) ― 측정기. 첫째는 속도와 지나온 거리를 측정하는 도구, 둘째는 깊이를 측정하는 도구. 옛날 사람들은 〈속도 측정기 없으면 발 없는 것과 같고, 심해 측정기 없으면 손 없는 것과 같고, 나침반 없으면 머리 없는 것과 같다〉고 하였다.

■ **수로 안내인** loodsman(네) ― 위험하고 어려운 지역에서 배를 안내해 주는 사람.

■ **승강구** luik(네) ― 갑판에 나 있는 출입구.

■ **해리** mile(영), milia(라) ― 바다의 길이 단위로 1,852미터다. 사람들은 종종 우리 뱃사람이 킬로미터를 쓰는 쪽으로 바꾸지 않는다고 비난한다. 하지만 우리는 그럴 생각이 없다. 그 이유는 자오선이 적도에서 두 극까지 90도로 나뉘어져 있고, 1도는 60분으로 나뉘어져 있기 때문이다. 자오선 1분의 길이가 바로 1해리가 된다.

■ **당기다, 때리다** nabit'(러) ― 무엇을 당기냐(때리냐)에 따라 의미가 달라진다. 러시아 어에서는 '밧줄을 당기다'는 의미로 쓰거나, '(못을) 박다', '(옷에 깃털을) 채우다'는 뜻으로 쓴다. 한국어에서는 '골이 땡긴다(당긴다)' 하면 신경을 너무 써서 골이 아프다는 뜻이 되고, '골 때리다'는 어이가 없다는 의미가 된다. 또한 '한 잠 때리다' 하면 한숨 자는 걸 뜻하고, '공갈을 때리다' 하면 '거짓말 한다,

협박하다'가 된다. '볼기를 때리다'라고 하면 '벌을 주다, 폭력을 쓰다'는 말이 된다.

■ **천저** nadir(프) ― 천정zénith(프)을 보시오.

■ **나침함** nachthuis(네) ― 말 그대로 〈야간 보관소〉다. 옛날에는 나침반을 보관하고 불을 비춰서 볼 수 있게 한 상자를 그렇게 불렀다. 오늘 날 나침함은 침실용 탁자처럼 생겨 길쭉한 상자 모양을 하고 있다. 위쪽에 나침반이 있고 안쪽에는 교묘한 장치가 숨어 있어서 나침반이 거짓말을 하는지, 허풍을 떠는 것은 아닌지 감시한다.

■ **전복** overkiel(네) ― 입에는 자주 올리지만 저어하는 마음 때문에 글로 쓰는 일은 거의 없는 말이다. 전복시킨다고 하면 용골이 위로 가게 하는 것을 뜻한다.

■ **선회** overstag(네), tacking(영) ― 돛의 방향을 바꾸어 코앞바람이 부는 상태로 배를 모는 것.

■ **안정** ostojchivost'(러) ― 배가 균형을 잡고 있는 것.

■ **창고** Pachhaus(독) ― 기차역이나 항구, 세관에서 짐을 보관하려고 세워 놓은 곳.

■ **당번 교체** podvakhta(러) ― 당번을 바꾸는 것. 필요할 경우 당번을 돕기 위해 다음 당번을 호출하기도 한다. 그래서 다음 당번한테는 이런 수칙이 있다. 〈편하게 자려면 다른 선실에서 자야 한다.〉

■ **항구** ports(영) ― 배가 머무는 곳이고 무역항, 군항이 있다. 나라로 들어가는 문이라 할 수 있다. 'port'란 말은 출입문, 짐문, 석탄문, 포문처럼 온갖 문을 뜻하기도 한다.

■**항로 표시** prokladka kursa(러) — 지도에 배의 위치를 표시하는 것.

■**원통 나무** rondhout(네) — 말 그대로 '둥근 나무'로 돛대나 활대 등을 가리킨다. 오늘날 큰 배에서 쓰는 거의 모든 원목은 철판을 용접하거나 붙여서 만든다. 결국은 철판으로 만든 둥근 '나무'가 되어 버렸다.

■**선원 명부** rol' sudovaja(러) — 여기서 rol'은 연극이나 영화에서의 '배역(role)'과 아무 상관이 없다. 거기서는 역을 맡아 열연을 하지만 선원 명부에서는 열연을 하지 않는다. 이것은 배에 탄 모든 사람을 적어 놓은 매우 중요한 문서다. 명부에 올린다는 말은 승무원이 된다는 것을 뜻한다. 명부에서 뺀다는 말은 배에서 자른다, 해고한다는 의미다.

■**수신호** semaphoros(그) — 대화를 뜻하지만, 정확히 말하면 손 깃발로 신호를 주고받는 것을 의미한다. 손 깃발이 이루는 모양에 따라 문자가 정해져 있다. 수신호로 문자를 전달하는 신호수를 보고 '글자를 쓰고 있다'고 말한다.

■**육분의** sextan, sextans(라) — 배의 위치를 확인하는 도구. 최근 삼십 년 동안 이 말을 어떻게 써야 하는가 논쟁이 있다. 이 도구를 사용하는 항해사는 'sextan'이라고 부르고 또 그렇게 쓰지만, 나머지 다른 사람들은 'sextans'라고 부르고 말한다. 누가 옳은지는 모른다.

■**모래시계** skljanki(러) — 모래가 담긴 작은 병으로, 삼십 분을 뜻한다. 배에 '모래시계'가 있던 시절에 당번을 맡은 사람은 삼십 분마다 종을 쳐서 자신이 제대로 시간을 지키고 있으며 삼십 분짜리 모래시계를 잊지 않고 뒤집었다는 것을 알렸다. 모래시계는 오래전에 배에서 없어졌지만 관습은 그대로 남아 있다. 배마다 삼십 분이 되면 종을 쳐서 시보를 한다. 이 말에는 재미난 과거가 있다. 영국 사람들

이 '종을 치다 ring the bell(링 더 벨)'라고 한 것이 러시아에서는 '정오 종을 치다 ryndu bej(른두 베이)'로 바뀌었다.

■ **삭구** takelage(네), Takelage(독), snast'(러) — '밧줄' 항목 참조.

■ **잔교** ckhodnja(러) — 모스크바 근교의 다차(별장)촌. 배에서는 널빤지로 만든 작은 다리다. 때로는 난간을 달아 배에서 항구로 건너간다.

■ **트라팔가르 해전** — 유명한 해전이다. 1805년 10월 21일 영국 넬슨 제독이 힘이 월등한 빌뇌브 제독 휘하의 프랑스와 스페인 연합 함대를 격파한 전투.

■ **밧줄** tros(러) — 삭구, 끈 등 모든 줄을 통칭하는 말. 밧줄이 한끝이라도 배에 매어 있으면 삭구가 된다.

■ **선창** trjum(러) — 배에 짐을 담아 두는 곳.

■ **걸이** utka(러) — 나무나 쇠로 만든 삭구를 고정하는 장치. 물에서 헤엄치는 오리도 '우트카'라고 부른다.

■ **망루** fal' bort(러) — 주범 위에 지은 장소. 배가 잘 가고 있는지 멀리 살펴볼 수 있게 만든 곳이다. 잘 살피지 못하면 배가 침몰하는 데 오래 걸리지 않는다.

■ **피오르** fjord(노) — 높은 협곡 사이로 구불구불하게 형성된 만.

■ **표향기** Flügel(독) — 돛대에 달아 바람 부는 방향을 알 수 있게 만든 깃발

■ **순풍** voor de wind(네) — '항로' 항목 참조.

■ **운임** Fracht(독) — 뱃짐을 운반하는 요금. 또는 요금을 지불한 짐을 말하기도 한다.

■ **푸트** foot(영) — 미터법이 도입되기 전 여러 나라에서 쓰던 길이 단위. 1푸트는 0.3048미터.

■ **크로노미터** chrometer(영) — 정밀도가 높은 천문학 시계.

■ **계류삭** zwaartouw(네) — 배를 해안이나 다른 배에 묶어 두는 밧줄.

■ **위도** shirota(러), latitude(영) — 적도에서 떨어져 있는 거리를 숫자로 나타낸 것.

■ **무풍 상태** stil(네) — 바람이 없는 상태.

■ **줄사다리** shtormtrap(러) — 줄로 만든 사다리. 날씨가 좋은 날에도 이걸 타고 오르내리기는 쉽지 않다. 하물며 태풍이 부는 때에랴. 나이든 사람은 특히 그렇다!

■ **닻** jakor'(러), anker(네), anchor(영) — 많은 해양 사전들은 놀랍게도 이 낱말에서 연결점을 갖고 있다. 네덜란드어에서 닻은 술통(anker)과 똑같이 발음하고 쓴다. '물통' 항목 참조.

브룬겔 선장의 모험 지도

❶상트페테르부르크(러시아. 출발지) ➡ ❷발트해 ➡ ❸외래순 해협 ➡ ❹카테가트 해협 ➡ ❺스카게락 해협 ➡ ❻피오르 해안(노르웨이. 산불을 만나 다람쥐떼와 함께 탈출) ➡ ❼스타방게르(노르웨이. 여기로 오는 도중에 노르웨이 선원 구출) ➡ ❽함부르크(독일. 다람쥐를 동물원에 팜) ➡ ❾로테르담(네덜란드. 청어 떼를 운반하는 일을 맡음) ➡ ❿칼레항(프랑스. 이곳에서 푹스를 태움) ➡ ⓫사우스햄프톤(영국. 아치발드 댄디씨와 만나 권투를 하고, 요트시합에 출전하여 승리) ➡ ⓬비스케이만 ➡ ⓭지브롤터 해협 ➡ ⓮알렉산드리아 항구(이집트. 청어를 안전하게 넘김) ➡ ⓯나일강(파라오 관광) ➡ ⓰홍해 ➡ ⓱수에즈 운하 ➡ ⓲아덴(예멘) ➡ ⓳소말리아(이탈리아 해적을 만났다가 푹스의 기지로 탈출) ➡ ⓴구아르다푸이 ➡ ㉑적도(바다의 신 넵튠을 기리는 연극을 함) ➡ ㉒남극(얼음산에 갇혔다가 적도로 배를 돌려 얼음산을 녹임) ➡ ㉓무인도(쿠사키 대장을 비롯한 고래사랑위원회 소속 대장들을 만나 무인도에 갇힘. 무인도의 산이 폭발하면서 롬과 헤어지고, 브룬겔 선장과 푹스는 널빤지를 타고 하와이에 도착) ➡ ㉔하와이(미국. 와이키키 해변에서 서핑보드를 타고 연주회를 갖고 비행기를 탐) ➡ ㉕아마존(비행기 불시착) ➡ ㉖파라항(브라질) ➡ ㉗리우데자네이루(브라질. 롬과 재회) ➡ ㉘혼 곶(칠레) ➡ ㉙시드니(호주. 항만청장과 골프 시합) ➡ ㉚뉴기니(롬이 후지산(일본)으로 연에 실려 날아감) ➡ ㉛일본 근해(롬을 구하려고 일본 해안으로 다가갔다가 함포 사격을 받음. 〈베다〉호 침몰.) ➡ ㉜영국 상선에 구조되어 화부실에서 롬과 재회 ➡ ㉝캐나다 ➡ ㉞유콘 요새(미국 알래스카. 썰매 경주에서 승리) ➡ 세인트로렌스 섬 ➡ 베링 해협 ➡ ㉟페트로파블로프스크캄차츠키(러시아) ➡ 상트페테르부르크(러시아)로 귀향

브룬겔 선장의 모험 2

초판 2쇄 펴냄 | 2010년 11월 15일

지은이 | 안드레이 네크라소프
옮긴이 | 박재만
그린이 | 박수현
편집 | 정낙선
디자인 | 드림스타트
펴낸이 | 정낙묵
펴낸 곳 | 도서출판 고인돌
주소 | 경기도 파주시 교하읍 문발리 파주출판단지 514-5 3층 우편번호 413-756
전화 | (031) 955-8196
전송 | (031) 955-8197
손전화 | 010-2261-2654
전자우편 | goindol08@hanmail.net
인쇄 | (주)갑우문화사
출판등록 | 제 406-2008-000009호

값 9,500원
ISBN 978-89-94372-10-5 74890
ISBN 978-89-961115-8-0(세트)